DUOXI

世界多辽阔　生活多欢喜

在路过而不进城的人眼里，城市是一种模样；在困守于城里而不出来的人眼里，她又是另一种模样；人们初次抵达的时候，城市是一种模样，而永远离别的时候，她又是另一种模样。

——卡尔维诺

安徒生的帽子

多喜北欧 丹麦

02

城市 艺术 & 故事

肖小困……著
文 俊……摄

中信出版集团 · 北京

目录

前言

城市的想象 想象的城市

我要寻找
一种不同的方式来讲述：
将瞬间无限拉长……

这是一座现实的城市。

它混合各种味道：Coffee Collective 咖啡的浓烈，A.C.Perch's Thehandel 白茶的香甜，Paludan 店里古董书的清淡书页味；带有色彩：寒风中姑娘的大红外套，地铁口流浪歌手的金色头发，还有皇家咖啡馆（Royal Smushi Cafe）的粉色墙壁。

它可以倾听：路易斯安那现代艺术博物馆（Louisiana Museum of Modern Art）夜色中的海浪，步行街广场的街头音乐会，周六上午的安静，圣母教堂（Church of Our Lady）的钟声；还可以触摸：法堡椅（Faaborg Chair）上的强韧藤条，Claydise 陶瓷的细腻手纹。

这也是一座想象的城市。

它来自记忆中的美人鱼，卖火柴的小女孩在路上向戴着高帽子的绅士兜售火柴，丑小鸭还在池塘里忧虑与苦恼，锡兵的冒险旅程，冰雪女王的冷酷……以及在罗德·拉斯穆森（Rud Rasmussen）店遭遇本杰明·巴顿的时光逆行，在地下宫殿听到博尔赫斯的轻语，复古店里的恐怖故事，博物馆偶遇的百分百女孩，皇家咖啡馆里海上漂泊的青花陶瓷杯……

哥本哈根，现实与想象的双重城市。

我要寻找一种不同的方式来讲述：将瞬间无限拉长，在街头寻找一位船长，讲一个金色的故事，时间，片段，过往，现在……调一剂混合艺术与设计，城市与生活的茶饮，如同 A.C.Perch's Thehandel 的限量特品。

哥本哈根黑潭湖（Sortedams Sø），早上总会看到上班的人们在湖边停留片刻，或是跑步的人群三三两两沿湖岸慢跑。湖水并非总是波澜不惊，在大风天的日子，湖上的天鹅会随着湖水的波浪一起奔腾起来。

Paludan古董书店的窗前，一位老人在透过橱窗看那些大部头的书，相机只记录了瞬间，没有捕捉到的是老人而后抬头看见了对面的我，我们都笑了。

billi bi
COPENHAGEN

在步行街，这位艺人带着自己的音乐小团队和演奏设备，在广场的人流中奏响音乐。

圣母教堂（The Church of Our Lady）里的纯白雕像，出自丹麦著名雕塑家巴特尔·托瓦尔森（Bertel Thorvaldsen，1770—1844）。

丹麦街头很少出现艳丽的着装，灰色、黑色与白色，大概就是冬日的街道色彩。看到姑娘的红色大衣在这些单色中飘荡，非常耀眼。

丹麦设计博物馆街道对面的画廊，一幅画和街对面的建筑就这样在画廊玻璃上相遇了。

设计与艺术，是这个国家的荣耀，也是这座城市的魅力。

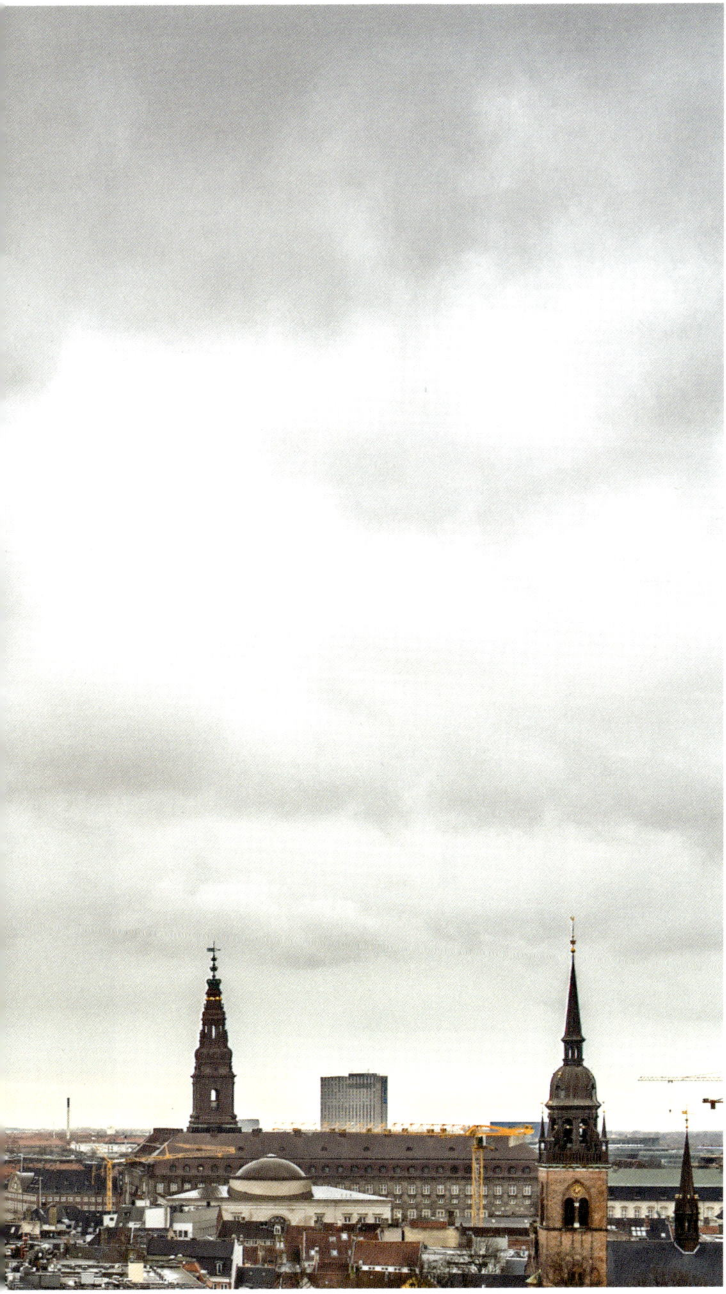

站在圆塔最上层的平台，便能一览城市全景。风起云涌，那些古老的建筑并不动声色。

A ♣

城市片段：

一个周六上午的 9 点

冬日一个周六上午的 9 点。

我穿过城中心的奥斯特公园（Ørstedsparken），在一片薄雾中，遇到一个男人在远处遛狗。湖面上有几只鸭子在游荡，湖面随着鸭子的游荡变换着纹路。

在踏出公园小门的时候，我遇到一位穿着橘色工作服的年轻环卫工，正将车停在公园门口。左转红绿灯，没有车，没有人，红绿灯独自闪烁。

继续前行，我遇到一个骑自行车的金发女孩，在没人经过的路口处停下，等待红灯变绿。

穿过一个大的路口，我遇见一个文具店的老板，正从店铺里搬出椅子抵在门口。这时一辆大巴车停在红灯处，我与里面一位用手托着腮的女士对视片刻。安静的马路上陆续飞驰过几辆自行车。

冬日一个周六上午的 9 点，城市还没有睡醒，一切都在静悄悄中进行。

安徒生的帽子

"先生，
这家店的故事太多了，
就像这座城市一样。"

"这是世界上第二古老的帽子店，"穿着杂灰色修身西装的大胡子老板告诉我说，"安徒生在这里买过帽子。"

他刚刚送走一对夫妻，现在我是店里唯一的客人。我想象着安徒生从路边停靠的马车上下来，踏入店中，想象马蹄踏在泥泞的道路上四溅的泥巴……街道的声音在夫妻开门的瞬间溜进来，之后在大门关闭的那一刻又被挡在门外。老板个头很高，站得笔直，戴着一副黑色的圆眼镜，好奇、专注且表情严肃地看着我这位慕名而来的客人。

Petitgas 帽子店由弗朗索瓦·佩提特加斯（François Petitgas）于 1857 年开业经营，一直到今日，都在此地经营，任由橱窗外的时光与风潮快速转变，Petitgas

没有改过名，没有搬过家，没有其他分店。店里的整体布局，基本上也都没有变过，一派老式雅致，你都能想象 19 世纪的先生们如何穿戴整齐地从马车上下来，怎样昂首踏进这间小店，店主又如何在午后飘着尘埃的金色阳光中招待这些客人。小房间里的乳白色天花板镶嵌着纤细铜边，自装修好后就没有再变动，而且这里依旧用半身玻璃柜将顾客“挡”在柜台外，高大的店主就站在半身玻璃柜后面，帽子被整齐地放置在后面带有推拉门的乳白色木柜里。

“不，先生，那顶帽子不适合你。”

当我提出想要尝试一顶黑色宽边帽时，店主转身看了一眼帽子后非常干脆地对我说。他快速在木柜里扫视，伸手去拿另外一顶。

“不如尝试一下这一顶。”那是帽檐相对窄而且帽顶稍高的黑色帽子。
我戴上帽子转身看镜中的自己，正在我犹豫的时候，我注意到这时店主从玻璃柜台后转身出来。

“嗯，这个号码有点大了，颜色也相对较深，再试下这个。”

从柜台出来的时候，他手里已经拿了一顶样式相似但颜色不同的帽子。当然，这一顶也不太合适，因为他认为“显得我个子矮”，换一顶还是有点问题，因为我认为“帽顶有点浅”。

这个场景其实有点喜剧，店主很高，如同空间里的小巨人，手臂和腿自然都很长，在小小的店铺里，他只要几步就能从这头跨到那边，伸手就能拿到任何位置的帽子，他就这样在店里帮我找他认为最适合我的那顶帽子，每换一顶帽子，他都会马上退后一步，站在旁边看着我试戴。

终于，一顶深灰色的 Stetson 牌宽边帽子，让我们俩都很满意。他严肃的面孔都变得轻松了。

我的一个朋友曾经跟我说过这家店，那是几年前，而且当时他说这家店铺是个上了年纪且经验非常丰富的老人在经营，所以今天当我看到这个相当有风格的大胡子中年男士时，有些惊讶。

“我听朋友说这家店的老板其实岁数已经很大了。”

“是的，我就是从他手里接手这家店的。”

原来如此。“我也曾经是这里的常客，非常喜欢帽子，也很钟情这家店，我和老店主可以说得上是朋友了。他经验非常丰富，没有他找不到的帽子。”他边说边用毛刷轻扫帽子，他的手掌宽大，帽子在他的手里似乎都变小了一号。“但有一段时间店铺关门了好长时间，而且之后断断续续地经常关门。老店主岁数已经很大了，身体不好，经常生病，独立经营这里变得非常困难。所以我和妻子就商量要把这家店铺盘下来经营，真是太爱这里了，不能让它关门。”他轻描淡写地说。

我看到店里挂着创办人的照片。“除了安徒生，有一次丹麦国王弗雷德里克九世（Frederick IX）带着挪威国王奥拉夫五世（Olav V）一起来这里买帽子。”当然，大胡子店主没有看到这个场景，他 2013 年才接手。

“这里是最早卖 Borsalino 的地方。”Petitgas 从 1872 年便开始售卖这个来自意大利的经典帽子品牌，而奇妙的是，Borsalino 和这家帽子店是在同一年创办的。大胡子店主拿着打包好的帽子走出柜台，指着门口柜子上挂着的一个玻璃相框说：“1972 年，Borsalino 特别寄来的一封用玻璃相框镶嵌的信，感谢 Petitgas 这 100 年的合作。”

Petitgas 帽子店由弗朗索瓦·佩提特加斯于 1857 年开业经营，通往小屋的门上边挂着店主的照片。

1857 年营业至今，Petitgas 帽子店都在此地经营，没有改过名，没有搬过家，没有其他分店。店里的整体布局，基本上也都没有变过，一派老式雅致。现任店主是个帽子狂人，他兴奋地为我们展示以前为客人量身定制帽子用的工具。

他把打包好的帽子递给我。“先生，这家店的故事太多了，就像这座城市一样。”

我走出帽子店，在灯光的映照下，我抬头看到台阶上的彩色玻璃，蓝色和黄色玻璃花纹萦绕着一顶大帽子以及数字 1857，这就是店铺开业至今都不曾破碎的玻璃标识。我走下楼梯回望店铺的橱窗，1892 年便矗立在街边的玻璃橱窗展示柜，可以看到那些带有金色花纹的背景玻璃。

在这条繁华的商业街上，这家小店依旧非常不起眼。如果我不是特意前来，走在这条人来人往的商业街上很快就会与它擦肩而过，但它像这座城市的一颗小心脏，这条街道，这座城市都会随着它的每次开门营业、关门休息而轻轻跳动，一百多年来不曾中断。

Petitgas 在创办人去世后由其家人掌管，之后卖给安东·拉姆森（Anton Ramussen），再然后是安东·拉姆森的儿子和孙子继续经营，直至上一任店主科特·杰生（Kurt P. Jensen）接手，再之后则是现任店主大胡子先生。而在此期间，人类登上了月球，出发前往火星，发明了汽车、无人机、网络、电脑、手机，十几个小时便能从地球这一端到达另外一域，人工智能打败著名围棋手，日本机器人如真人般的存在……Petitgas 依旧卖着来自世界各地的帽子，意大利的 Borsalino，德国的 Mayser，美国的 Stetson，没有广告，没有社交账号，没有耀眼招牌，什么都没有。

天色已晚，橱窗的灯光暖得暧昧，那些没有表情的塑料模特头上戴着各种帽子，排成几排。这有点让人恍惚，好像刚刚踏出 19 世纪的大门，外面的世界便已迈进 21 世纪。

商业街上人来人往，我盯着店铺的橱窗出神。

PETITCAS
MAGNOLIAS LUKSUS 2NDHAND

ÅBNINGSTIDER
MAN-FREDAG
LØR-SØNDAG
DAGENS FILTER

我知道的通通告诉你

他会站得笔直，
像是一场生活的仪式。

我住在 Torvehallerne 市场附近。

我知道市场里Coffee Collective的男店员在做手冲咖啡的时候像是一场仪式，他会站得笔直，一手背后，一手将咖啡壶提到半空。

我知道卖亚洲面条、老干妈和大白菜的亚洲女店员不会讲中文。

我知道进门处的 Lauras 牛角面包最好吃。而它隔壁的隔壁那著名的燕麦粥早餐我最吃不惯。

我知道有一天，卖肉的老板穿着白色厨师服提着一张小桌穿过大厅的时候，像极了战胜的角斗士，带着平静的表情。

我知道 ASA 香料的小店员从来都是一副忧郁的面孔，见到客人到来，也一笑不笑，态度远不如那些来自安纳托利亚、伊朗、巴基斯坦和尼泊尔的香料热辣。

我知道鱼铺摊 Hav 经常挂出我看不懂又让人心急的丹麦语大酬宾，冰柜里摆着让人心生畏惧的大章鱼。

我知道 Banh Mi 小吃铺的两个姑娘手勤眼快，在下班的时候，将小吃摊擦得干净明亮。Banh Mi 的大肉卷是一天结束时最踏实的满足。

我知道晚间打烊的 Cleaver' s 肉铺最动人，灯光下有最认真算账的小掌柜，他的胳膊上有我看不懂的复杂文身。

GAVEKORT
10%
VIN

JANUAR
TILBUD
RØDVIN
HVIDVIN
ITALIENSKE

Cleaver's

EXOTIC MIX

Luigi Tenco
OLD No2
OLD No2
Longrow

GLUTENFRi +
MEJERIFRi
TAKE AWAY
HOT!
PRØV VORES JUICES
Hal 1
Udendørsstader
Frederiksborggade
Restaurant

水晶市场

这时的Torvehallerne不像个市场，
更像一个公共空间，模糊了购物、
休闲与聚会的界线。

我和朋友在大市场的摊点前，一边吃大肉卷，一边打量并谈论着这个市场：Torvehallerne。

Torvehallerne所处的位置非常城中心，就在诺里波特（Nørreport）地铁站旁边，但这个市场其实有点“奇怪”，不管是从外形还是意义上，它都像一个没有固定属性的空间。

首先 Torvehallerne 从样子上就和一般的市场不同，两个市场大厅就像两个巨大的玻璃“暖棚”，四面玻璃和黑色金属支架便是全部的结构内容，以至于不管你从它的哪个角度经过，都会忍不住转头看看里面。或许只能瞥见靠近街道一侧的咖啡馆和面包店，不过，如果是在阴雨的早上，这就是让你走进市场的最大诱惑。

可一旦进入市场，四周的结构便在意识里自动“消失”，就像走进任何一间现代美术馆，那些不同特色，不同设计风格的摊位成为空间里的展示品。意大利的巧克力、尼泊尔的香料、中国的酱油、日本的清酒、巴西的咖啡豆……世界在这里聚合，又在这里消失，Torvehallerne 身处哥本哈根，又联通世界。

Torvehallerne 并非一成不变，白天的“玻璃市场”平淡无奇，到了晚上，它就变成华丽丽的“水晶市场”，这也是我第一次在晚上看到这座市场的印象。

在一个冬天的傍晚，我从诺里波特站的直梯口走出，拖着行李，一边走一边四处张望，然后转头就看到了这座街边的亮丽市场。在这条街道上，透过玻璃，我看到从屋顶垂下的巨大灯饰，我看到各种灯闪烁光芒，我看到里面人来人往。我和朋友说，大概那时候对刚到哥本哈根的我来说，这种热闹的氛围让我感到亲切。

我成了这里的常客，它也变成我在这座城市的第二空间。有时候它是我的菜市场，我在这里买蔬菜、水果、鱼和肉；有时它变成我的早间餐厅，在咖啡馆喝上一杯，在面包店吃个新鲜的牛角包；和朋友小聚的时候，它又成了我的第二客厅。想必大家都有相似的想法，所以有时候会看到一个人在热闹的市场里的一角喝着一杯酒，有时候两个朋友或是情侣在另一侧热聊，或是一堆人围坐在一个不够大的圆桌旁。天气好的时候，人们会聚在两个菜市场大厅外的桌椅旁，聊天、喝咖啡、吃简餐，市场的所有大门都会大敞四开。

Torvehallern 从来都不像个市场，更像一个公共空间，模糊了购物、休闲与聚会的意义，也模糊了室内与室外。

SOLO
CAUTION CONTENTS HOT
DECAF

在 Torvehallern，有时候会看到一个人在热闹的市场里的一角喝着一杯酒，有时候两个朋友或是情侣在另一侧热聊，或是一堆人围坐在一个不够大的小圆桌旁。这里是聚会的场所，也是一人食的好地方。

Tykstegsfilet
Bruges fx til roastbeef eller wok
Oprindelse: DK
162,50
Tykstegs bøffer
Oprindelse: DK
Pr. stk. 50,-
4 stk. 175,-
Kalveinderlår
perfekt til wienerschnitzler
Oprindelse: NL
Pr. 1/2kg. 220,-

Banh Mi 小吃铺的两个姑娘总会在下班的时候，将小吃摊擦得干净明亮。Banh Mi 的肉卷让我吃到了肉夹馍的味道。

BLÅ
BIRKES
YOU ARE
WELCOME TO
TOUCH AND TASTE
THE OPEN DISPLAY..
Stats-
SORT
PEBER
FRA
UGANDA
BIRDSEYE
CHILLI

Torvehallern 的一角，有一家做意大利薄饼比萨的店铺，现做现卖。
我有时候就会隔着玻璃柜盯着小哥做比萨。

如果在冬天，只要 Torvehallern 一关门，整条街道就有一种熄灯入睡的仪式感。

隐藏的时光

市长先生 1626 年去世后，
这座建筑便开始了它在世间的探险。

即使在没有机动车通过的 Strøget 步行街，这里也堪称嘈杂。我站定在皇家哥本哈根旗舰店的对面，在这条热闹繁华的街道上，那些或远或近的各国语言渐渐变成一种白噪音的背景。

要想站定在这个被称为哥本哈根城市中心的中心阿迈厄广场（Amager Square）区域，似乎并不容易。我努力让自己不阻碍从四面八方来往的人们，不过这几乎不可能。你可以想象在一个快速通过的车道上，有一辆车停在那里，即使来往速度不快的车流，自然都会注意避让。

如果你不保持持续前进的步伐，只是抬头四处观望并且时不时地举起相机，很快来往的人群中就会有人顺着你的目光望过去或是停下。这条街道上不乏街头艺人，我当然并非其中一员。

如果第一次穿行在Strøget步行街，可能会觉得这不过是个繁华的商业街而已，布满各种商业大牌，包括丹麦陶瓷品牌皇家哥本哈根旗舰店，被称为设计博物馆的Illums Bolighus大型设计商店，迪士尼（Disney）店，乔治·杰生（Georg Jensen）旗舰店，普拉达（Prada），路易威登（Louis Vuitton）……这也是我最初对这条街道的印象，品牌的商业宣言过于强势地占据着人们的眼睛和大脑，人群的快速移动所带来的躁动只想让人快点穿行通过。

但是，我沿着皇家哥本哈根旗舰店玻璃门上的商标向上望去，看着这座屋顶独特的建筑。在这喧闹的商业街上，还有一个美妙的世界，它隐藏在临街的建筑里，特别是皇家哥本哈根旗舰店所在的这座建筑。

这座建筑正位于被称为市中心的中心阿迈厄广场，这是哥本哈根这座城市里最为古老的一个广场，“阿迈厄”的名字都来自中世纪，以纪念那时来自阿迈厄岛的农民们在这里聚集并售卖自己的农产品。皇家哥本哈根旗舰店是广场附近最有年头的建筑，光是看起来，就颇有些历史感。我在并不算宽阔的街道上往后退，想要尽量打量它的全貌。

它和左右两边紧挨着它的白色的乔治·杰生旗舰店和白色的迪士尼店完全不同，它的屋顶形状独具特色，红砖的外墙上布满繁复的纹饰细节，玻璃正门旁一条排水管道锈迹斑斑，沿墙爬升，上面饰有看起来调皮的龙头，对此种种符号我并不能一一解读。

这座建于 1616 年的建筑，原本是为了当时的市政厅官员以及后来的市长马赛厄斯·汉森（Mathias Hansen）建造，有着一派文艺复兴时期的端庄与繁复，在市长先生 1626 年去世后，这座建筑便开始了它在世间的探险。

它经历了 1728 年和 1795 年的两次城中大火，看着大火中周遭建筑的坍塌。它也见证了如今对面那座看起来平凡得不能再平凡的土黄色建筑在 18 世纪末拔地而起，还有和它同侧的灰色奥勒·海斯伦德住宅（Ole Haslund House）在 19 世纪中期动工时的喧闹（奥勒·海斯伦德的名字依旧镶嵌在建筑的立面上）。好不容易到了 20 世纪，它又经历了"一战"和"二战"，不过在这所有的时间磨砺中，它存活下来。在有迹可循的住户里，有马赛厄斯·汉森市长先生及其后人，之后有一位医生在这里短暂住过一年，一位作曲家住了 6 年。保险公司 Hafnia 入驻后，在 1898 年对其进行了大改造，直到 1912 年，它迎来了皇家哥本哈根。

我一边想着，一边继续打量它。排水管已被粘贴上结结实实的广告纸片，同时也布满被人试图撕掉的痕迹。我想象不到这座建筑曾经的面貌。改造与整修早已改变了这座建筑，特别是如今这明显是作为商店存在的落地窗户与玻璃门。而且在熙攘的街道，很难想象它作为私人住宅曾有过的日常，市长、医生或是作曲家如何将自家马车停在路边，怎样踏进大门，怎样在家中徘徊……这里曾有的生活早已消散在时间里，而这座建筑或许也早已厌烦了时光的流转，谁又说得清呢?

ROYAL COPENHAGEN
ROYAL COPENHAGEN
ROYAL COPENHAGEN
SALE
ROYAL COPENHAGEN

这座原本作为私人住宅的建筑建于 1616 年，它和左右两边紧挨着它的白色的乔治·杰生旗舰店和白色的迪士尼店完全不同，屋顶形状独具特色，红砖的外墙上布满繁复的纹饰细节。

ROYAL COPENHAGEN
SALE

玻璃正门旁一条排水管道锈迹斑斑，沿墙爬升，上面饰有看起来调皮的龙头。这座建筑几经改造，特别是临街一面的玻璃窗户和大门。

这座建筑的体量不算小，从建筑右侧拱形门廊进入内部，这里还隐藏着一个庭院以及咖啡馆。

站在咖啡馆的位置望向拱形门廊。这个庭院或许是以前主人放置马车的地方吧。

K

♠

城市片段：

10 分钟皇家旅行

一次在去咖啡馆的路上，我进行了一场十分短暂的皇家旅行。

从哥本哈根大学附近出发，走过克里斯蒂安四世国王（Christian IV）的圆塔，斜穿国王公园（King's Garden），从东侧小门出来，直行；在路的尽头，餐厅 Odd Fellow Palæet 处左转；向前，路口红绿灯处偶遇换岗的皇家卫兵，整齐划一，制服笔挺，在这雨雪天里，皇家士兵的帽子看起来温暖可人；士兵右转前往阿美琳堡宫（Amalienborg Palace），我转头看到弗雷德里克教堂（Frederiks Kirke）在雨雾中没了光彩。绿灯闪烁，继续前行，最终走进街边的奥斯卡咖啡馆（Cafe Oscar）喝上一杯。

Bredgade
OSCAR
That calls for a Carlsberg
RIVER

café Oscar
café Oscar
That calls for a Carlsberg
58

小行星5505

1716年，彼得大帝在
“小行星5505”骑马观赏。

下面是发生在“小行星5505”（Rundetaarn）上的故事。

诞生于1642年的“小行星5505”上没有其他路，只有一条没有台阶的旋转坡道。白色的砖墙，将外面世界的声音隔离得干干净净。偶尔会看到情侣，以缓慢的步伐并肩而行，小孩子却用超快的速度从上面冲下，或是努力在用同样的速度向上。

但有的人并不喜欢这么“走”。1716 年，彼得大帝[1]（Peter the Great）在“小行星 5505”上骑马观赏。1902 年，一位德国工程师开车上塔，还有那些存在于想象中的尝试，比如想用滑雪板，还有滑板，等等。

还有的人不喜欢单纯的“走”。曾来过“小行星 5505”的人都在这里留下了各种各样的痕迹，有的在它的玻璃窗上刻上了自己的名字，有的在墙壁上留下奇怪的符号或是字迹。不过现在刷白的墙面已把这些诉说隐藏。

谁都想在这里留下痕迹，“小行星 5505”的建造者也不例外。那颗红色的心脏、金色的皇冠和利剑，还有不可解读的拉丁文混杂希伯来文字“DOCTRINAMET，DIRIGE”，以及代表建造时间的数字 1642，代表建造者克里斯蒂安四世国王（Christian IV）那中间的大写 C 和阿拉伯数字 4[2]。

安徒生是这里的常客，他写道：“坐在这儿钱箱上的那只狗的一对眼睛，可有圆塔那么大啦。”[3]

所以，这是小行星 5505 的故事?

这是市中心圆塔的故事。[4]

1. 彼得一世（1672--1725），后世尊称其为“彼得大帝”，他在位时的一系列举动都给俄罗斯帝国打下坚实基础。
2. 圆塔建筑外立面上的文字的形象被人们做过无数解读，较为正确的解读是“Lead, God, learning and justice into the heart of the crowned King Christian IV”。
3. 安徒生在自己的作品中不止一次提到圆塔，其中最著名的是在童话《打火匣》中，形容三只狗中最大的那只眼睛有哥本哈根的圆塔那么大。
4. 为了纪念圆塔，第 5505 号小行星以“圆塔（Rundetaarn）”命名：小行星 5505（5505 Rundetaarn）。

在圆塔的天台可以全景观看哥本哈根全城的建筑，并且在天台各个方向都挂着同一方向的建筑物地图和名称。

DOCTRINAM ET
DIRIGE

圆塔上的金字、佩剑、皇冠和红心经过整修在阳光中闪亮亮。这是国王的决心，也是城市的谜语。

城中教堂

可以想象一个人青年时便离开自己的国家，
在年老时带着这些肃穆的雕塑回国的心情。

一个周六的早上，我快速沿着市中心的小路横穿，打算去看看，屡次经过但还没有进去过的那座教堂。

天气阴沉湿冷，即使在市中心，周末的上午也安安静静。临街的店铺关着门上着锁，偶尔有行人穿行或是骑着自行车通过。在这条没人的路上，我夸张地加大幅度地走着，让身体暖和起来。

似乎听到一阵钟声，我减慢步调，确实是钟声，就在附近，从城市上空跟着细细的雪花一起落下来，落在街道上，弹起来，跳进我的耳朵。是那座教堂？我再次加快步子，循着声音找过去，不过很快钟声便停止了，城市又再次安静下来，雪花飘落。

圣母教堂（Church of Our Lady），我至少两次经过哥本哈根大学旁的这座教堂，也注意过这座稍显奇怪的建筑。一次我从它的背后走过，赭色的建筑看起来古老且肃穆，没有什么装饰。还有一次从正面走过，路过它的时候被正面的白色立柱和上方人像雕塑所震撼，就像罗马的万神殿般。我不明白为什么一个北欧国家的教堂会有这样地中海式的建筑风格，我对它越来越好奇。

让人惊讶的是，就在这个位置，早在 1209 年，便有了第一座教堂，不过后来被大火烧毁，于 1316 年在这里重新修建了另一座教堂。但这第二座教堂却经历了相似的命运，在 1728 年的大火中被夷为平地，当然没有人屈服，新教堂于 1738 年拔地而起。遗憾的是，直到 1807 年，在英国炮轰哥本哈根[5]（Bombardment of Copenhagen）的大火中，这座教堂再次被摧毁。十年后，1817 年，国王弗雷德里克六世（King Frederik VI）为再次建造新的教堂铺好第一块奠基石，便是眼前的这座教堂。

建筑师克里斯蒂安·弗雷德里克·汉森（Christian Frederik Hansen）是 18 世纪末和 19 世纪中期丹麦最著名的建筑师。他在丹麦完成学业后，曾到意大利学习两年，对罗马的各种古代建筑以及希腊的神庙都非常了解，所以才有建筑正面那颇像罗马万神殿的立柱与入口，不只是外立面，我轻轻在教堂走动，看到克里斯蒂安那近似希腊神庙的立柱，还有空间的雕塑，光线正从窗户进入，散射在这些洁白雕塑上。这座教堂整整建造了 12 年之久，所有这些，建筑师克里斯蒂安都是见证人，看到自己的建筑完工，那些雕塑搬进教堂，周遭的建筑也与这座教堂相呼应，还有不远处克里斯蒂安设计的哥本哈根法院大厦（Copenhagen Court House）。

教堂虽已完工，不过距离那些雕塑搬进教堂还有 9 年，包括圣坛上的基督像以及两侧的十二使徒，这些雕塑全部来自丹麦当时最著名的雕塑家巴特尔·托瓦尔森（Bertel Thorvaldsen）。

巴特尔和克里斯蒂安经历相似，毕业后到罗马学习，不过巴特尔直接在罗马成立了自己的大型雕塑工作室，1819年他从罗马回丹麦的时候，才被委派教堂的设计任务，之后巴特尔就又回到罗马，制作这些雕像，这些雕塑直到1838年，他即将回国之前才制作完成。那时候他已经68岁了。可以想象他青年时便离开国家，在年老时带着这些肃穆的雕塑回国的心情。最终当巴特尔去世时，葬礼就在这所教堂举行，这些洁白雕塑凝视着自己的创造者离开。

但，在无限绵延的时间中，十二使徒与雕塑家巴特尔·托瓦尔森，圣母教堂与建筑师克里斯蒂安·弗雷德里克·汉森，谁是创造者，谁又是被创造者?

5. 英国炮轰哥本哈根，1807年9月2日开始，英国轰炸哥本哈根三日，超过2,000名市民丧生，并且有30%的建筑物被毁于战斗中。炮轰时英军使用了康格里火箭（Congreve Rockets），引起城市大火。

圣母教堂里的雕塑，包括圣坛上的基督像以及两侧的十二使徒，全部来自丹麦当时最著名的雕塑家巴特尔·托瓦尔森。直到他即将回国之前才在罗马制作完成。那时候他已经 68 岁了。

圣母教堂就在哥本哈根大学图书馆对面，没有什么装饰的赭色建筑看起来古老且肃穆。

皇家咖啡馆 奇幻故事

皇家咖啡馆是
我在哥本哈根遇到的最不北欧
但最丹麦的咖啡馆。

找到这里的时候，刚好下雨，穿过庭院时，雨水大声地敲打着庭院的砖地，木材整齐地堆在门口，空气中的潮湿味儿混着从里面飘出来的咖啡香。带有一弯粉红标志的皇家咖啡馆（Royal Smushi Cafe）藏在皇家哥本哈根旗舰店的庭院里。

穿过一道拱形门廊，当步行街上的喧闹都被隔离在外时，就到达庭院的深处，皇家咖啡馆所在地。但面向街道的拱形门廊并非唯一进入庭院的入口，从皇家哥本哈根旗舰店一层展示厅的侧门也能直接进入这里，包括庭院以及咖啡馆所在的建筑都是市长马赛厄斯·汉森这所住宅的一部分。

所有这些事实都可以清晰地描述，位置、天气与外貌。难以说明的是我第一次进入咖啡馆时感到的惊讶。皇家咖啡馆是我在哥本哈根遇到的最不北欧但最丹麦的咖啡馆，它拒绝了一切人们对北欧的固有想象：简约，线条，黑与白，节制……这些元素都与这里无关，它像是我在冬日一片黑与灰的色彩中见到的那位穿着红色外套的长发姑娘。

它是一处能够入梦的场所，我的意思是如果你要在梦里搭建一家咖啡馆，皇家咖啡馆是个不错的选择。它将各种看起来距离遥远的元素统一在这个空间，融合严肃与摇滚，联姻艺术与生活，这来自整个墙壁的淡粉色调，来自墙上的丹麦国王弗雷德里克七世（Frederik VII）和他的妻子丹纳女伯爵（Countess Louise Danner）的巨幅挂画，来自皇家哥本哈根以及乔治·杰生的餐具，来自丹麦插画艺术家伊娃·斯坦嘉德（Eva Stengade）那一面墙的插画，来自屋顶上丹麦纸艺艺术家玛丽安娜·埃里克森·斯科特—汉森（Marianne Eriksen Scott—Hansen）花色多变的繁复吊灯，来自穿着水手服少女的摇滚菜单，来自墙上的金色手工布偶，还有靠墙放置的各种展示柜，里面摆放着不同艺术家设计师的奇思妙想……

更为奇妙的是，旅人和市民都视此处为惊喜。作为最丹麦的咖啡馆，它吸引着遥远的旅人，而它最不北欧的身份又吸引着当地市民在这里相聚，所以经常能看到逛累的人们进来小坐，或是带着孩子来休息片刻。而那些初来乍到的人们多是一脸惊喜地四下打量着这个空间，继而互相交流想法。

我看着坐在靠窗位子的两位女士，她们正面对着正面墙的插画并互相交谈，旅人会如何讲述它的奇幻故事？在机器磨制咖啡的声音中，在水冲洗餐具的声音中，她们是否注意到女王的钻石在天空闪耀，凯·玻约森的猴子试图捞取宝石；皇家哥本哈根咖啡杯在海上平稳航行，丹麦之花盛开在大海上；安徒生的剪纸在远方飘荡，天空中的日本相扑选手越飞越远……[6]

“这里的一切都是我的宝贝。”卢·奥斯特嘉德（Lo Østergaard），皇家咖啡馆的创办人说，“这里的每个东西都有故事，而我喜欢故事。”

6. 2007年，皇家咖啡馆创办之初，邀请丹麦艺术家伊娃·斯坦嘉德描绘了一面充满魔幻色彩的拼图墙面。这些元素都可以在墙面绘画中找到。

丹麦国王弗雷德里克七世和他的妻子丹纳女伯爵的巨幅挂画，屋顶上丹麦纸艺艺术家玛丽安娜·埃里克森·斯科特—汉森设计的花色多变的繁复吊灯，皇家咖啡馆的餐具全部来自皇家哥本哈根以及乔治·杰生。

卢·奥斯特嘉德，皇家咖啡馆的创办人。“这里的每个东西都有故事，而我喜欢故事。”这是个有很多故事的咖啡馆，这是个有故事的城市。

皇家咖啡馆里的厨师在后厨忙碌。

Q

城市片段：

美丽瞬间

候车室里的一切都在快速进行着。

说话声、笑声、电话声，夹杂偶尔的广播声、咖啡机生硬的磨豆声、车站特有的车来车往的停靠声；伴随老旧的门发出大声的吱扭声，男人、女人、老人、小孩在我和她之间不停穿梭。

她终于慢慢地翻了一页。用手将头发往耳后轻轻别了一下。

这位女士与40小时的编织

制作这10把限量椅子的木材非常特殊，来自罗德·拉斯穆森工厂院子的一棵大树，100多岁，25年前被伐倒，一直留着为了某个特殊的时刻。

我站在罗德·拉斯穆森（Rud Rasmussen）店铺外面打着伞，隔着玻璃打量这把法堡椅（Faaborg Chair），偶尔有人在我身后经过。法堡椅被称为现代丹麦设计史上的第一件经典作品，来自现代丹麦设计之父凯尔·克林特（Kaare Klint）。

1914年，26岁的凯尔·克林特为法堡博物馆（Faaborg Museum）设计了这把椅子，为法堡博物馆设计的法堡椅需轻便，以便博物馆的参观者可以方便地移动，此外就是不能抢了博物馆墙上的画还有地面漂亮的马赛克的风头，座椅和靠背的藤条编织减少了椅子的重量，而且在视觉上没有阻挡感。最初的版本便是如此，不过从1964年开始，就用皮革或是纺织品来做坐垫部分了。

法堡椅，克林特人生中的第一件家具设计。比另一把著名的狩猎椅（Safari Chair）的诞生还要早将近20年，自1931年开始，法堡椅都由罗德·拉斯穆森工坊来手工制作生产。

我推门而入。店铺里没有人，没有客人，也没有主人，一切静悄悄。

展示厅左侧放着几把法堡椅，旁边的墙面上挂着展示手工艺的照片海报，右侧有个楼梯通向地下一层。我把滴着雨的伞放到墙角的伞架，听到下面的空间传来皮鞋来回走动的声音，接着听到皮鞋声登上楼梯，我转头看到一位女士从楼梯处走上来，卷曲的灰白发，带链的眼镜被低架在鼻翼上，她的目光越过眼镜，朝我打量，不过很快她便将眼镜取下挂在胸前。

我对她既熟悉又陌生，我从这里的大部分媒体报道中都曾看到过这位女士的身影，不过大部分照片拍的都是她在工作台上编织法堡椅的工作照，但我们互相并不认识。官方对她的介绍便是极其有经验的编织匠人，负责编织法堡椅的藤条部分。

展示台上有三把法堡椅，拥有三种不同的座椅表面，两个皮面的，中间的百年特别款是用法国藤条编织成的座位，藤条编织得非常紧实，我用手撑了下靠背处的藤条。造型和希腊的克里斯莫斯（Klismos）椅很相似，特别是后面两条向外延伸的椅腿。

“大概一把椅子要用40个小时，但我没有具体算过，只是估计。这把椅子是法堡椅100周年的纪念款，全球仅有10把，而且暂时不对外出售，只用作国际各大展览，这是其中几把。制作这10把限量的椅子的木材非常特殊，来自罗德·拉斯穆森工厂院子的一棵大树，100多岁，25年前被伐倒，一直留着为了某个特殊的时刻。”这位女士说起话来，语调很重，像是异乡人一般。

“我今天休息，等着工厂那边把需要编织的椅子框架送过来。”说着她示意我们可以去下面参观，下面是她工作的地方。我跟在她身后。地下工作室没有窗户，中间一个长桌，四周散乱地放着藤条和各种工具，最打眼的就是墙上那面打开的工具箱，里面尽是各种磨损的工具。

“有点乱，很多东西都在收拾，这里很快要重新装修了，有些东西要搬到对面更大的那家店。”等我们再上来的时候，她指给我看对面街 Carl Hansen & Søn 旗舰店旁边正在装修的第二家罗德·拉斯穆森店，自 2011 年 Carl Hansen & Søn 买下罗德·拉斯穆森工坊后，他们的发展步伐加快了。

我和这位女士正断断续续说着话，地下室传来电话铃的声音，她下楼接电话，皮鞋踏在铁质楼梯上，哒哒哒的声音在空中飘荡。留我在这个安静的空间独自面对展示台上的法堡椅，年轻的克林特在设计这把椅子的时候，一定不曾想到它历经了 20 世纪 20 年代丹麦黄金设计时代的开启、30 年代的发展、四五十年代的高峰和 60 年代的衰落，以及几十年后的再次回归、盛赞和流行。所谓时间的见证，不过如此吧。

我想到菲茨杰拉德的本杰明[7]，在时光中艰难逆行。

7. 本杰明是《本杰明的奇幻旅程》的主人公，作者是菲茨杰拉德（F.Scott Fitzgerald），本杰明·巴顿一出生就是个 80 岁老头，以后每隔一年就小一岁，故事跨越百年时光，讲述关于生命和死亡的思考。

26 岁的凯尔·克林特为法堡博物馆设计了这把椅子，法堡椅被称为现代丹麦设计史上的第一件经典作品。

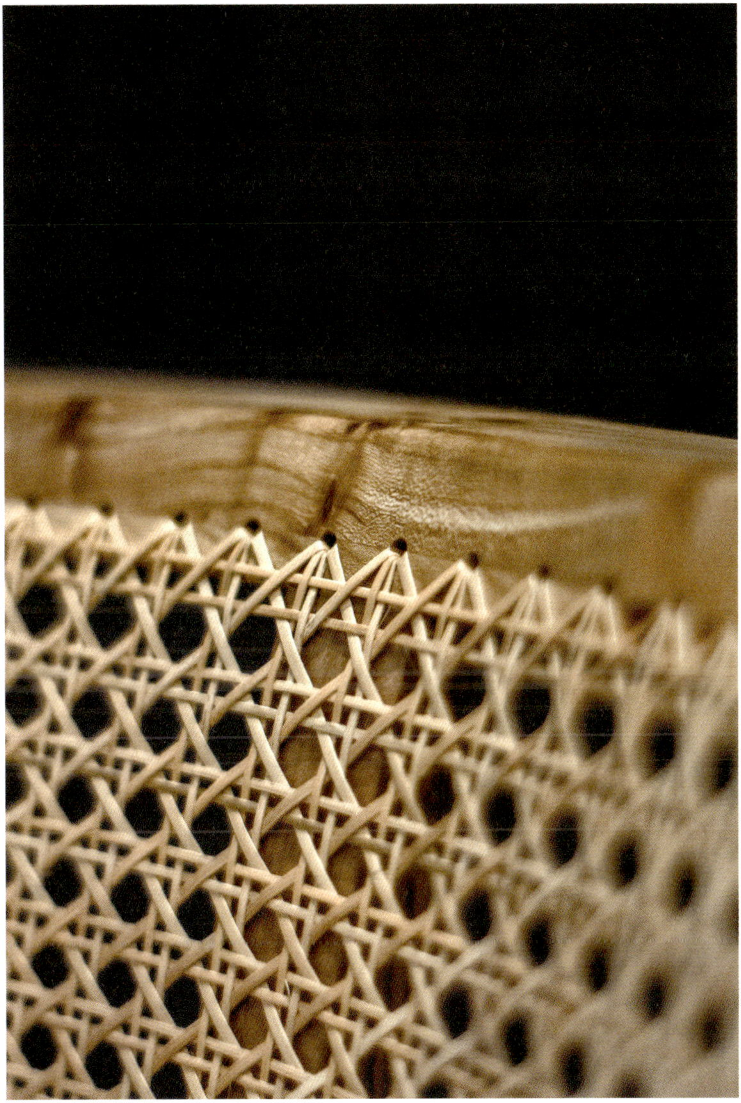

法堡椅 100 周年的纪念款，全球仅有 10 把，而且暂时不对外出售，只用作国际各大展览，这是其中几把。制作这些限量的椅子的木材非常特殊，来自罗德・拉斯穆森工厂院子的一棵 100 多年的大树。

摩根斯·库奇（Mogens Koch）在 1932 年设计的折叠椅（Folding Chair），这也是库奇最著名的一件作品，如今也由 Carl Hansen & Søn 生产。

地下一层的工具箱，展示着工具所带来的想象，这里也是这位女士的工作间，大部分时间她都会在这里编织法堡椅。

椅子与国王

但设计师汉斯·韦格纳觉得四条腿的版本并不完美。

最初这把椅子与国王并没有关系。

1951 年，三个男人——设计师汉斯·韦格纳[8]（Hans Wegner）、建筑师施泰因·埃勒·拉斯穆森[9]（Steen Eiler Rasmussen）和设计师凯·玻约森[10]（Kay Bojesen）——就如何在睡觉前折叠衣服进行了一场有建设性的谈话，并制作了完美解决这一问题的四只脚侍从椅（Valet Chair）。这把像吉他的椅子，座位竖起来可以挂裤子，椅背可以完美解决挂西装的问题。

直到国王看到它。

丹麦国王弗雷德里克九世（Frederick IX）想要订购一把四只脚侍从椅。但设计师汉斯·韦格纳觉得四条腿的版本并不完美，承诺会设计出更好的版本再交给国王。

两年时间匆忙而过，汉斯·韦格纳设计出完美的三只脚版本交给国王，当然，我们并不知道国王对此评价如何，不过国王后来又订购了10把侍从椅或许是最好的答案。

8. 汉斯·韦格纳（1914—2007），丹麦著名家具设计师，一生设计了千把椅子，被称为椅子之王。
9. 施泰因·埃勒·拉斯穆森（1898—1990），丹麦著名建筑师，同时也是丹麦有国际声望的建筑评论家。
10. 凯·玻约森（1886—1958），丹麦著名设计师，以银饰设计闻名，又被称为“木偶之父”。

如今的侍从椅由丹麦 PP Møbler 细木工坊制作。

PH5 吊灯与百分百女孩

人们在 PH5 吊灯柔和的灯光下
吃饭、聊天、恋爱、嬉闹、争吵、无言、聚会、
工作、失业、年老、孤独、悲伤、静默、绝望、
开灯、关灯、关灯、开灯……

这位博物馆里的金发女孩，在每次不小心说错话的时候，脸上都会泛红，一身黑衣上别着小小的工作牌，金色头发梳成丸子头，脸颊上的红晕在白皙的皮肤上非常明显，她不好意思地笑着说抱歉。我看着她，脑袋里闪过村上春树笔下的百分百女孩。

她的目光快速扫过人群："保罗·汉宁森[11]（Poul Henningsen）当时在设计这盏灯的时候，其实是非常仔细地考虑到光线的问题。"她指着玻璃窗里保罗·汉宁森设计的 PH5 吊灯，此时，有两位经过的参观者加入聆听的队伍。

“他希望人们吃饭的时候，饭桌上能有非常柔和的光线，于是最下面这层灯罩是用来向下聚光的。”她转向旁边，指着保罗的设计草稿继续说，“餐桌上的空间氛围也是他考虑的，于是有了中间这层，能让光线与餐桌平行，最上面这层，会将光线打到上面空间，这样，空间的光线层次就出来了。”她轻轻舒了一口气，接着说，“但不管你在哪个角度看，都不会看到刺眼的光源。这是设计师非常周全的考虑。”她抬手快速看了一下手表。周围的人们都探头打量 PH5 吊灯。

“还有，关于这盏灯，有个特别有趣的故事。”她语速超快，还没说故事，自己先快速低了一下头笑了起来，并且带着快乐的笑意说，“这盏灯在丹麦非常地普及而且有名，普及到什么程度呢，曾经有个外国人来到丹麦，他发现几乎在每个空间，不管是居家还是公共空间，都能看到这盏灯，于是他就想着，是不是这盏灯就是丹麦人的某种标志？只要拥有这盏灯，就象征着是丹麦人啊。”大家被女孩的故事逗笑了。

是啊，人们在 PH5 吊灯柔和的灯光下吃饭、聊天、恋爱、嬉闹、争吵、无言、聚会、工作、希望、失望、成长、奔跑、等待、求职、失业、开心、年老、荣耀、大笑、孤独、悲伤、静默、绝望、开灯、关灯、关灯、开灯……

我看着她，她低头又看了一眼手表。

“你不觉得这是个感伤的故事吗？是的，我本该这样向她搭话。”(12)

11. 保罗·汉宁森（1894—1967），以一系列 PH 灯的设计闻名，PH 系列灯的设计，不管你从哪个角度看，都看不到刺眼的直射光。这种晕染般的灯光效果来自设计师对光线和灯饰形状的详尽分析。
12. 出自《遇到百分百女孩》，村上春树。

经过这位工作人员的讲解，我开始注意到博物馆空间里的灯饰设计，这才发现，几乎全部是 PH 系的各种各样的灯饰。

这盏吊灯是PH 3/2 Academy，其实保罗・汉宁森并不是设计了一种灯，而是可以称为PH灯的整个照明系统，包括壁灯、吊灯、立灯、台灯、室内灯、室外灯，等等，再加上不同的材质、不同的色彩、不同的型号与大小组合，将近千种。

DESIGNSKOLEN
FAMILIE
VÆRKSTED

保罗·汉宁森另一种著名的朝鲜蓟（PH ARTICHOKE）吊灯，共72片灯饰片被分成12列，每一列都有6片，隐藏了光源，而且从中间散发的光线要经过这些灯饰片至少一次的反射才会柔和抵达外围，光线柔和均匀。注意墙壁上的壁灯，也是他的PH系列，PH 3/2。

DESIGN MUSEUM DANMARK
DESIGN MUSEUM DANMARK
MODE & TEKSTIL
FASHION & FABRIC

博物馆怀旧夜

谁能反驳这把被称为完美的椅子？
谁敢反驳这把见过肯尼迪和尼克松并参与过
1960 年美国总统电视辩论的椅子？

夜间的丹麦设计博物馆，总满溢着一种怀旧的氛围。

深入这座 1757 年的洛可可建筑，悄声穿过门口已经熟睡的红色大椅子，右转逆行，那里有个很大的空间，展出着 20 世纪世界各地最著名的椅子。不过还没进入门口，便能听到在一片静谧中，在设计博物馆展厅的那一角，几把年代久远到足以放到博物馆的椅子，聚在一起，在昏暗的灯光下纷纷聊着各自曾经辉煌的过往。

椅子老大哥法堡椅[13]（1914）先发了话：“世界真是变了，我今天听到一个人说，要把我用 3D 打印出来，什么话啊，当年，具体点说，100 多年前，我可是全手工制作，我可看不上什么机器。”它做出一脸嫌弃的表情。

法堡椅自有骄傲的资本，这款诞生在 1914 年的椅子，有着古典主义的庄严以及现代主义的轻盈，由被称为丹麦现代设计之父之称的凯尔·克林特[14]设计，况且 100 年来，这款椅子一直在持续不断生产，这些都让其他椅子对它充满敬意，在它们的想象中，法堡椅看尽设计界的沧桑。

众椅纷纷点头，表示赞同。尤其是珍贵的原版酋长椅[15]（Chieftain Chair，1949），想起当年手工制造自己的不易，满目伤感。其实它也没什么好伤感的，它勇敢却也孤独地走了另一条路，与同时代的椅子相比，它与众不同，首先它大到浮夸，而且居然结构和靠背分开来，怪不得刚一推出，便有评论家说它像是“鸡蛋卷般随意扔在椅子架上”。虽然它和其他的椅子都不同，但同它的创造者芬·祖尔[16]（Finn Juhl）一样，带有一种叛逆艺术家的气质，决定要走一条不一样的路。

此时，椅群中出现了不和谐的声音。来自大洋彼岸的胶合板伊姆斯 LCW 休闲椅[17]（Lounge Chair Wood，1945）大声地说：“想当初我也是机器制造出来的，我几乎对全世界的设计界都产生了很大的影响啊，机器有什么不好，你看蚂蚁椅[18]（Ant Chair，1952），这些年的销量能绕地球多少圈。”蚂蚁椅正和身边的亲戚 7 系椅[19]（Series 7,1955）闲聊，听到有人提到自己，一时不知道发生了什么。“能绕多少圈，我怎么知道，不过咱俩是家族里销量最高的。”蚂蚁椅低声和 7 系说，它并不想卷入这场纷争。

短暂的沉默盘旋向上，打到天花板，再次快速掉落地面，墙上的时钟指针已指向午夜 12 点，大厅悬挂的保罗·汉宁森的 PH 吊灯已酣然入睡，它早已听厌了这一切，这些怀旧的谈论在它看来毫无意义，这些椅子都忘了当年它们在一片古典风格中脱颖而出时，也并不是总被人看好。在一片沉默中，众椅听到它规律的鼾声。不过很快在这有节奏的鼾声里夹杂了椅子挪动的声音。

忧郁的使馆沙发[20]（2213 Sofa，1962）拖着笨重的身体来帮法堡椅“你们

原版法堡椅被放置在一扇窗下。上面简单地放了一张说明，为低头阅读的人们诉说故事。

这些大老粗，当然不能了解我们丹麦的手工精华，想当年我们丹麦手工椅子，还不是把你们美国人迷得神魂颠倒，疯狂购买。”这款原版的使馆沙发自从来到这里养老后，一直郁郁寡欢，虽说伯格·莫根森[21]（Børge Mogensen）是为自己的家设计的这款沙发，不过他的灵感却来自他的老师凯尔·克林特在1929年的Coupé Sofa，而且伯格·莫根森一直将Coupé Sofa留在自己的家中，直至去世。

使馆沙发已经好久都没见到Coupé Sofa了，想到这里，想起过去一起度过的美好时光，使馆沙发便心中难过，伯格·莫根森一生都在捍卫自己老师的思想，如今莫根森已经去世，使馆沙发自然不遗余力地捍卫有关克林特的一切。

伊姆斯椅才不管它的心情，反驳道：“那你们当年为什么还跟着设计了好几款胶合板的贝壳椅[22]（Shell Chair），还不是跟我们学。”站在外围的两把贝壳椅，一把来自伯格·莫根森，一把来自汉斯·韦格纳，尴尬地耸耸腿，一脸无辜。

“行了行了！”一贯沉稳的圆椅[23]（The Round Chair，1949）发话了，“本来作为一把椅子能平安地度过一生已经够不容易了。”不愧是见过大世面的圆椅，说起话来就充满哲思，“什么手工艺，工业化，难道手工就高人一等？”圆椅秉持和它的创造者汉斯·韦格纳[24]（Hans Wegner）同样的理念，如果能带来更好、更精准的工艺，手工和机器有什么分别，况且机器还是人来操作。而且好的手艺人视机器和其他工具一样平等。

沉默。

谁能反驳这把被称为完美的椅子？谁敢反驳这把见过肯尼迪和尼克松并参与过1960年美国总统电视辩论的椅子？

“但我不能容忍自己身上出现工业化的粗制滥造。”一旁的PK22说。谁曾想

#relax
#slapaf

到全身工业味十足的PK22出自一位曾经学过木匠还获得过证书并且师从汉斯·韦格纳的设计师保罗•克耶霍尔姆[25]（Poul Kjærholm）。此话不假，金属和皮革，是PK22的主要材料，但在椅子的结构上，能看到一种丹麦传统手工艺人对清晰且完美的追求，不能有隐藏，也不会有哪怕一丝的多余，一切都是整体的一部分，哪怕是皮革上的针线脚。

眼看这场怀旧夜马上要演变成一场纷争，老大哥法堡椅叹了口气，有点委屈地嘟囔着："我只是感慨那过去辉煌的时光。"一句话，大家又都开始沉浸在各自的往昔里，遥想着当年征战世界的时光。它们有过荣耀时刻，在美国那几十场展览的风光，也有过迷惑的日子，年轻人哼着披头士，为安迪·沃霍尔的艺术疯狂，厌倦了爸妈家里的那些没有什么色彩的木质家具。美国建筑师罗伯特·文图里[26]（Robert Venturi）说 "少就是无聊"，"多就是多"，在丹麦，设计师维纳尔·潘顿[27]（Verner Panton）、南娜·迪策尔[28]（Nanna Ditzel）开始携带新材料和亮丽的色彩登场……

在一片温柔夜色中，它们想起了曾经和设计师们相处的日子。"不过，"法堡椅接着大声地说，"我们终将被牢记。"不管什么话题，这是它每次发言最后的结尾。当然，它们不仅被牢记，而且被书写，被展示，被讲述，被纪念，被复刻………

另外，所有这一切，都是一把椅子告诉我的，真的[29]。

13. 法堡椅，凯尔·克林特为法堡博物馆（Faaborg Museum）设计，从1914年设计至今，持续生产百余年，被称为第一件丹麦现代设计。

14. 凯尔·克林特（1888—1954），被称为丹麦现代设计之父，开启丹麦黄金设计时代Danish Modern时期，他的设计理念影响深远。

15. 1949年亮相的酋长椅在当时非常轰动，不管是体量还是造型，和同时代的丹麦家具设计看起来很不一样，而且制作颇难，设计师芬·祖尔本身并没有学过手工艺，他有建筑专业的背景，因此他的设计造型自由，但给与他合作的手工艺人很大的挑战。

16. 芬·祖尔（1912—1989），他是同时代丹麦设计师里非常独特的一位，他并不太赞同凯尔·克林特的一些方法，并且他的设计更多地受到艺术——特别是雕塑——而非历史的影响。

17. 美国现代家具设计大师查尔斯和蕾·伊默斯夫妇（Charles and Ray Eames）从40年代初便开始研究胶合板塑模成型技术，“二战”期间美国海军委任设计师设计了一系列战时用品，“二战”结束后，伊姆斯夫妇继续深入研究将其应用到家具设计领域。1945年设计出称为世纪之椅的LCW休闲椅。

18. 蚂蚁椅，阿恩·雅各布森设计，原本是为了一座建筑而特别设计的家具，因造型酷似蚂蚁而得名。

19. 7系椅，1955年面世，阿恩·雅各布森设计。

20. 使馆沙发是伯格·莫根森最著名的沙发设计，依旧在生产。

21. 伯格·莫根森（1914—1972）师从克林特，之后担任克林特的助理，一生都在传播克林特的设计理念。

22. 伯格·莫根森和汉斯·韦格纳都曾用胶合板设计过贝壳椅，不过伯格·莫根森的贝壳椅已经不见身影，另一件相似的胶合板椅Søborg chair现在依旧在生产。汉斯·韦格纳的贝壳椅如今由Carl Hansen生产，型号名称为CH07。

23. 1949年诞生的两件跨越时代的作品，一件是芬·祖尔的酋长椅，另一件是汉斯·韦格纳的圆椅，被称为最完美的椅子。

24. 汉斯·韦格纳（1914—2007），一生设计非常丰富，并且他会持续不断地去提炼去进化，将椅子的设计提炼到根本。

25. 保罗·克耶霍尔姆（1929—1980），师从汉斯·韦格纳。他受德国包豪斯学校和荷兰风格派（De Stijl）的影响，但克林特以及韦格纳的手工艺人的思维也深深地影响着他。

26. 罗伯特·文图里（1925—），美国后现代主义建筑师、设计师。

27. 维纳尔·潘顿（1926—1998），丹麦人，后定居于瑞士巴塞尔。打破丹麦设计的手工艺传统，着迷于新技术、新材料的研究和应用，设计造型抽象，色彩丰富，和人们印象中的丹麦设计完全不同。

28. 南娜·迪策尔（1923—2005），丹麦最为著名的女设计师之一，南娜非常注重新材料、新技术，在丹麦传统手工艺的基础上进行了家具设计的大胆创新。

29. 更多丹麦设计故事请见《哥本哈根四条腿》。

最右侧的椅子便是另一把伯格·莫根森设计过的贝壳椅。它的后面是莫根森的代表作西班牙椅，靠墙的三人沙发便是使馆沙发，如今使馆沙发依旧在生产，不过显然，这是设计师家里的使馆沙发，上面布满时间的痕迹。图片正中央是汉斯·韦格纳那把完美圆椅。

ØJNENE OG
TIDENS MØBLER
FORUM
ET DAMPBAD i
FREDERIKSBERG

最前面这把看起来像是用绳子编织成靠背和座位的椅子是保罗·克耶霍尔姆设计的 PK25。旁边那把纯黑色的胶合板椅子是保罗的 PK0，从来没有被量产过，只有在 1997 年时，被 Fritz Hansen 限量生产 600 把，以示纪念。它的身后是酋长沙发，由酋长椅演变而来，不过没有被投入生产。

GRATIS SØNDAGS
OMVISNING
FREE GUIDED
TOURS SUNDAYS
FAMILIE
VÆRKSTED
HVER SØNDAG 13.00-16.00

2014年为纪念汉斯·韦格纳诞辰100周年，设计博物馆举办了盛大的相关展览，这把椅子就是当时为了展览制作的超大型贝壳椅。如今，几乎每个参观博物馆的人，都会三三两两地坐在一起合照留影。

普通人家

所以，当我们在谈北欧风时，
我们在谈什么？

露易丝·凯特尔（Louise Kettle）的家在救世主教堂（Church of Our Saviour）附近。坐在她家客厅，透过窗户，便能看到不远处的这座螺旋状尖顶的巴洛克风格建筑。朋友说一定去要露易丝的家，她说这就是普通丹麦人家的风格。“对了，”朋友补充说，“她的家刚刚登上新一期的丹麦设计生活杂志 *Boligliv*。”

这可一点不普通。

露易丝的家在这幢建筑的最高一层。很奇怪，我跟她第一次见面居然有熟悉的感觉，她很像在亚洲生活了很多年，而且说不出为什么，她的面孔有点像亚洲人。

她的家大概就是我印象中北欧人家的样子，黑白主色，白色墙壁，淡灰白的木地板，黑色壁炉，黑色的沙发，宝蓝色的阿恩·雅各布森（Arne Jacobsen）天鹅椅（Swan Chair），黑白的宜家橱柜，上面放着Hay的彩色餐盘。客厅餐桌上放着她准备好的茶，皇家哥本哈根的纯白陶瓷茶壶和杯子。我问露易丝，是不是每户人家都有皇家哥本哈根。她毫不犹豫地说，是的。

作为丹麦人，家里逃不开宜家、Hay、皇家哥本哈根……大概每户人家都会有这些近乎标签似的产品。但她的家还有更多独一无二的东西。

露易丝的邻居是个艺术家，她家的墙上就挂着这位艺术家邻居送的一幅画。除了这位邻居的挂画，还有她爸爸和公公画的小铅笔画，自己的几何草稿素描，两个小儿子的随手涂鸦，这几幅画夹杂了轻盈的线条、规律的几何图形、浓重的色块以及歪歪扭扭的人脸。

进门处的古典小桌子，是来自公公家的古董，围绕客厅餐桌的则是四把伯格·莫根森的经典二手椅子。她动手能力极强的老公改造了一张二手桌子，四条红腿性感俏皮，铁皮箱改造的小咖啡桌也能储存不少杂物。还有露易丝去日本旅行带回的石头雕像和从中国淘的木质箱子。我很好奇她对亚洲为何如此有兴趣，我注意到橱柜上还有好几个亚洲的粗陶器，“我的祖母是上海人，我对亚洲风格并不陌生。”但她本人并没有在亚洲生活过，只是之前因为工作关系，经常去中国和日本。

除了亚洲，这个小空间里还有另一处异域，这也是最有趣，最不北欧的——她家的浴室。

房间里这一个小小的工作台，有很多露易丝的混搭，桌子，灯饰和那颗五角星，都是淘来的二手家具，但她都要改造一下，我最喜欢的是她把桌腿部分都重新刷上了亮丽的红色。

“浴室是唯一一处还没有重新装修的地方。”露易丝说，“现在这个房子是个二手房，浴室就是上一任房东的典型风格。”说着她打开洗浴间的门。那是另一个“一千零一夜”的世界吧，室内都镶嵌了水蓝色的马赛克，和外面的空间比起来，就像打开任意门，踏入了另一个阿拉伯风情世界。“两个孩子都喜欢在这儿洗澡玩水，我们就想着先不改。”她似乎还有点不好意思，但正是这个空间，让这户人家变得生动起来，这些就像她的那些小素描，不是语意上的所谓北欧风格能够形容的，而是她的生活和记忆的拼贴。

在这个典型的北欧人家里，有来自日本的乡下陶器，中国的古董木箱子，二手行李箱改造的咖啡桌，丹麦黄金时代设计师的二手椅子，宜家的一体化橱柜，苹果一体机，还有那阿拉伯风情的浴室。

所以，当我们在谈北欧风时，我们在谈什么?

她家有各种各样的小画，孩子们的、她自己的、父亲的、隔壁邻居的，有那么一瞬间，我感觉像是步入了一个新型家庭画廊。

VITA
POINTE

DRIK
Coca-Cola
ISKOLD

露易丝的家在最顶层，按我们的话来说房型并不好，但经过改造，这个空间成为了有模有样的家。特别露出房顶的木质横梁。围绕着圆桌的有四把伯格·莫根森1952 年为 Soeborg Furniture 设计的椅子，这是露易丝最喜欢的椅子。

J♠

城市片段：

船长与音乐家

他是一位经验老到的船长。

他是一名为水手演奏的音乐家。

他们驾驶一艘看不见的大船，穿越人群。

H&M
ecco

丹麦女孩

街头少有的古典面孔，这个丹麦女孩。

她并不高挑，年轻且忧郁，

她走起路来温柔摇曳，即使在这清冷冬季。

当她经过，我向她微笑，

但她只是不好意思地低下头，低下头。

LOPPEN

LOPPEN

T台、恐怖谋杀与艺术家们的噩梦

“一个陶瓷艺术家的噩梦就是当她打开窑时，里面的一切都毁了。”

因为这些特殊的名字，我开始仔细端详餐桌上的这些餐具。

上面布满双手捏制手纹的小咖啡壶，名字叫作“真实感觉”（True Feeling），你可以想象艺术家想传递制作时那种手捏的真实感觉；有蓝色花纹的咖啡杯叫作“索菲”（Sophie），装饰方式用了一种古老的技术，这个名字却来自工作室一个非常棒的实习生；餐盘名为“蓝黏土”（Blueclay），为了向丹麦制瓷传统致敬，同时盘中花纹的灵感也正来自做菜时我们将不同的酱汁混合在一起所形成的图案。这些形态各异的餐具放在一起，形成了 Claydies 工作室餐桌上的独特风景。

Claydies 工作室位于一座四层楼高的黄砖楼内，小楼四周显得有些空旷无聊，一层临街是一处油腻腻的汽车修理处，不时在无人的街道发出低沉的机器声。即使在四楼的工作室，偶尔也会听到楼下机器的震动，伴随缇娜·布鲁克索(Tine Broksø）的爽朗笑声。

很多丹麦的年轻陶瓷设计师毕业后都曾在 Claydies 工作室实习过，Claydies 的两位设计师卡伦·凯尔德高—拉森(Karen Kjældgård—Larsen)和缇娜·布鲁克索在丹麦和世界的陶瓷设计领域都极有影响。短发的缇娜喜欢笑，她笑起来头会稍稍后仰，卡伦则总是若有所思地笑，眼神充满忧虑，很像一对共同生活多年的夫妻。

在丹麦设计博物馆的永久展览丹麦设计进行时（Danish Design Now）中，我看到两人的两件帽子碗。但比这帽子碗更奇怪的是 Claydies 曾在哥本哈根的一个陶瓷画廊为帽子碗 Claydies & Gentlemen 举办了一场“时尚秀”。她们受各种时尚发型的启发，设计了一系列“发型碗”，在这场新品秀上，二人将这些新品当作帽子戴在头上，充当模特的角色，走起了猫步，两人轮番上阵，时而抱着吉他出场，时而又装作大力士，迈着傲慢的步伐，做出不可一世的搞笑表情走在 T 台上。此时我在宽敞工作室的一角木架上，再次看到了这款陶瓷大碗的素颜。

“创意才是最重要的，我们几乎不会让它的功能决定它的形式，我们希望人们购买我们的作品是因为当他们看到或是使用它的时候，会有不寻常的额外体验。”不寻常的额外体验，像是她们给顾客的生活超值大赠送，在每个设计中，即使是一个小小咖啡杯。

“我们尝试将陶瓷与其他领域的灵感结合起来，比如说 Claydies & Gentlemen 系列，就是将时尚发型引入我们的设计，还有‘恐怖瓷器’（Horror ceramics）系列，就是将瓷器和恐怖世界里的一些元素相结合，创造出一些新的故事和物品。当这些黏土仍旧柔软的时候，我们就会制造‘谋杀’，射杀或是刺杀，这样这些陶瓷最终呈现的形式就像被谋杀了一样。”

两人站在工作室的置物架前，给我们介绍着自己的设计。

最上一层是帽子碗，下面有充满手印的“真实感觉”系列，用布条蒙住双眼，只用手指和意识引导自己的创作。还有著名的小草花瓶，“这个生产权我们已经拿回来了。对了，”说着缇娜指着架子最上面的两个玩偶说，“这是我们做的自己。”卡伦搬来凳子，取下两个有点神似的娃娃。

“这是缇娜，这是我。”卡伦和缇娜各抱着一个玩偶，边说边帮娃娃整理头发，这两件绝对限量的设计是为2010年在哥本哈根举办的Across展览制作的，取名为“The Real Claydies”。陶瓷做成的娃娃，衣服由两人的衣服改造，发型有模有样，再贴切不过。

陶瓷艺术家的工作是很辛苦的，各种失望和痛苦。当这些陶瓷破碎、断裂、崩塌或是熔融的时候，失望就会变得更可怕。“一个陶瓷艺术家的噩梦就是当她打开窑时，里面的一切都毁了。”相比之下，没有灵感的时刻就显得温柔多了，“我们会不停地阅读或是聊天，但以我们的经验来看，即使感到所有的灵感都不在身边，也总会有新的点子出现的。真的很神奇。”

她和她。卡伦和缇娜。

卡伦·凯尔德高·拉森和缇娜·布鲁克索，我与她们“相识”8年，这却是我们第一次见面。

她们的陶瓷品目前都在自己的工作室设计并烧制，这是她们几年前的设计，由各种发型获得灵感设计的大碗，畅销也长销。

蓝黏土盘子，蓝黏土系列还有各种尺寸的大碗。

窗台上摆放着她们的著名作品——小草花瓶。如今小草花瓶重新由她们自己制作生产。

YRSAS
DIMSER

墙上挂满她们的陶瓷试验品。一直以来，她们都是陶瓷领域的创新者，打破人们对陶瓷这种材质的固有认知。

她和她

“当天下午，我们就去森林散步，
好像我们认识很多年了。”

她：大海与森林

“现在我都还记得在父母的夏季别墅里度过的那些美好时光。

“四周美丽的大海，那些野花、蝴蝶，很少有地方这么美，而且这里的光线总会吸引一批艺术家到此，这里真的是一个很神奇的地方。那时候我最大的梦想是当个作家，我还在一个小日记本上写了很多恐怖故事，而且还为这些故事画了些画。

“我在丹麦西兰岛（Sjælland）的一个小镇子上长大，对于小时候的我来说，那里是个安全宁静的地方，但却不适合青少年待。我的父母现在仍旧住在那里，所以我还能够享受那片大海和森林。我们全家在那儿很亲密。”

她：对于海，我有一份特殊的爱

“我的妈妈是丹麦人，爸爸是法国和越南混血。他们都是嬉皮士，在印度的果阿（Goa）海滩遇到了对方，坠入爱河。之后父亲便搬到了哥本哈根。

“我出生的时候，一家人和很多嬉皮士一起搬到了丹麦北部的北日德兰州（Nordjylland）。当我一岁半的时候，父母便离婚了，8 岁的时候，父亲搬回了法国南部。但小时候几乎每年夏天，我都会去普罗旺斯，我爸爸和他的两个兄弟住在当地的一个旧式的水磨坊里，我叔叔是个陶艺家，他的工作室也在那儿，有时候，我们整夜都会给炉窑添柴火，很好玩。

“19 岁的时候，我曾在法国普罗旺斯住了一年半，在那儿为一个埃及雕塑家工作。他用一种很古老的埃及技术可以制作 2 米高的陶瓷雕塑，而且根本不用金属骨架，我对他的工作很是着迷，也从他那学了很多东西。

“我从小和妈妈一起生活，在靠海的一个小村庄长大，我妈妈曾去过尼泊尔，受到这趟旅程的启发，她把我们住的房子刷成了深红色。村子里的大多数人都是农民或是渔夫，妈妈和我还有一群嬉皮士住在离海不远的地方，那里的自然环境有些‘无情’，但那儿有很多手工艺人，也有很多陶艺人，像贾尼丝·汉特（Janice Hunter），她在那儿还有工作室，所以陶瓷黏土当时就是我们小孩子的玩具。

“我爱这个地方的自然环境，对于海，我有一份特殊的爱，总会沿着海边走了又走，那儿的光线、地平线……这些都净化我的头脑，让我感到很幸福。”

她和她

1998年萨比娜·莱维尹（Sabine Lavigne）遇到了克里斯汀娜·迈尔（Kristine Meyer），在一所高校，两人当时都在准备丹麦设计学院（Danish Design School）的入学考试。“那时，我们坐在一个大讲堂里，她很美，让我想起了法国演员朱丽叶·比诺什（Juliet Binoche）。上完课，我们就在一起聊天，然后我们发现我们选择了同样的雕塑课。当天下午，我们就去森林散步，好像我们认识很多年了。其他人都觉得我们是老朋友了，从一开始我就觉得与她深深相连。”

“嗯，可以说是一见钟情吧哈哈，那时候我们马上就成为朋友了。”

克里斯汀娜·迈尔和萨比娜·莱维尹的工作室在中央车站附近的一座工厂楼里，看起来每家的房门都差不多，我正要敲门的手又犹豫地放了下去，当我再次确认门牌号的时候，门打开了。是克里斯汀娜，自然卷的头发被梳在头后，扎成一个发卷。

跟着克里斯汀娜踏上台阶，萨比娜已出门迎接。“要是早几天，我们还在日本没有回来呢，前天刚回来。”受到*Milk*杂志的邀请，两人到日本做了一个给孩子的创意工作坊。

两人的工作室并不算大，一面墙的花样壁纸，窗台上的卡通人物花盆，角落一处被刷成紫色的立柜，墙角木桶里堆着各色花纸，像是色彩和图案的糖果屋，大人和孩子都会被这些色彩和有趣的图案吸引。在遇到萨比娜之前，克里斯汀娜更偏爱平面设计，正是萨比娜将陶瓷介绍给她。现在两人将陶瓷和平面设计融合得非常完美。透过那些色彩与图案，你能看到她们各自描述的大自然。

“我们从不会说这个创意是我的，那个创意是你的，不会这样，每个创意都是我们的。”

“你们争吵过吗？”

“听起来像是说谎，可我们从来不争吵，我都不记得上次争吵是什么时候了。我们并不介意互相妥协。”克里斯汀娜说。萨比娜补充道：“我们从来没真正吵过。但我记得我们上次斗嘴的时候是在2004年，那时我们一起准备毕业展览，但当时我们都怀孕了，而且很有压力，我不记得当时为什么吵了。我对克里斯汀娜很着迷，只要给她一杯够劲的咖啡，一秒之内她就能想出1000个点子。”

实现的点子是少数，大部分有趣的点子都藏在她们的草稿本里。红唇，金牙，各种卡通人物造型和不同的色彩穿插在一起。每一页都充满色彩与惊喜，有很多的粉色填充其中。“因为我们最爱的是粉色。”两人异口同声地说。

她们爱粉色，也爱各种卡通人物，而且不只是造型，每个人物都有自己的名字和个性。一个叫艾丝美拉达（Esmeralda）的花瓶，是个热心而且宽容的女人，开心地看着隔壁；索菲娅（Sofia）小花瓶则是有点害羞的可爱女孩，不动声色地盯着你看；小丑先生（Mr. Clown）在马戏团工作，不过他也有自己的梦想。

我看着这些造型有趣的花瓶，想象在其中放入不同的植物，在这安静的下午自有一番乐趣。

Meyer—Lavigne 组合，萨比娜·莱维尹和克里斯汀娜·迈尔。

她们尝试过各种“人物”的造型设计，在设计“人物”的时候，通常也会给它们起名字以及设置“人物”背景，就像导演在为自己的剧集设计人物一样。

她们有几大本图画本，里面都是她们的灵感涂鸦。一页红唇大金牙和另一页的花瓶人物吸引了我。她们的插画有一种趣味，但不幼稚。

Kapo
yihu

工作室有一整面花花的墙壁，可爱又甜蜜，这就是两人的风格。还有这些人物花瓶，每个花瓶都有自己的名字和故事。

produktion
legater
inspiration
moms 2009
moms 2010

她们工作室的每个角落都值得细细一看，插画、材质、拼贴、剪纸……每一样都是一个灵感，都是一个故事。

10 ♣

城市片段：

文明即是美食与文学遍布世界

“文明即是美食与文学遍布世界。”

在 Paludan 咖啡馆的菜单上，印着这句英格兰作家阿道司·赫胥黎（Aldous Leonard Huxley）的警句。

另一面印着海明威的名言：“喝酒是结束一天的一种方式。”

地下宫殿

“谁也看不了两千本书，
我活了四个世纪只看了五六本。”

我和几个客人一起等在门口，盯着时间，等待 Paludan 书店咖啡馆开门。

Paludan 二手书店，我更愿意如此称呼，从运营之初它便是个古董书店，不过在十几年前，才加进咖啡和简餐。我喜欢书，这里自然成了偏爱的去处之一，况且这里营业至深夜。Paludan 有着一般古董书店的独特气味，那是四周墙壁书架上看似延绵不绝的古董书所散发出来的味道，带着旧世界的光影，等待被人们翻阅。

我隔着玻璃打量悬挂在屋顶的PH灯，玻璃窗映射着街道对面古老的哥本哈根大学图书馆。窗内与窗外的景色在玻璃上汇聚融合，在冬日的薄雾中迷幻朦胧。在多次的光顾中，我只有一次待到咖啡馆关门，如今我站在外面，在等候书店开门的时间里，当然可以如此轻松地回忆，只是我还记得那天晚上当我探索那座“地下宫殿”时快速的心跳。

那是一个周四的晚上，我已经看完自己带来的书，决定真正探索下这家书店的古董书，尤其是地下部分。这也是Paludan与众不同的地方，如果从外面看，你觉得它不过是个咖啡馆，当你走进来，你会注意到环绕着四周墙壁的古董书，如果你再深入，你才会发现从外面完全看不到的世界，布满古董书的两层地下室。

那扇通往地下室的门很小，只容一个人进出。当我踏入地下空间，像是来到另一个世纪，而我的现代穿着如此不合时宜。书架分割开来的每条路都不算长，但总会面临左转或右转的选择，转弯处所标识的丹麦语我自然看不懂，我猜大概是每个方向的图书分类。在那个夜晚，我轻声在这里徘徊前进，这里安静得让人忘记外面的岁月，也让我的感官都变得异常敏锐，如果有人此时突然出现说他在这里埋头读了一辈子，也不会让人惊讶。“谁也看不了两千本书，我活了四个世纪只看了五六本。”[30]

但这里不只两千本书，在这间地下室，我似乎看到了一座宫殿。我辨识着那些书目，就像人们在洞穴岩壁里想象那些壁炉曾经记录的世界一般，曾经的书写早已失去它的时空，它们背后的人早已不再，所有这些都变成飘浮在空间中的秘语。

我顺着似乎绵延不绝的书架浏览着那些摆放整齐的书，一本拥有新时代铜版纸的平装书安然地待在一本红色布面上镶嵌着金色图案的书旁，一本绒面布料的书挤着另一本皮质硬壳书。

庞杂与多样，新世纪与旧时光在这里并置，不同国家的语言在这里聚合，不同的观点在这里不再冲撞，每本书里都各自埋藏着一个曾经喧腾的世界。

地下空间并不算小，沿着墙壁放满顶到天花板的书架，每个书架上又紧密地放着薄厚不一的书，这里没有窗户，不管白天还是黑夜只有那几盏灯的光亮。墙上或是小圆桌上摆放着艺术家们的超现实装置，老旧的黑白照片被放在破损的相框里，相框里的间隙被插满钉子，像是形成一个十字架的形状，还有道路尽头那破损的半人像雕塑，手掌从躯干上直接长出……所有这些让人觉得透不过气，况且在夜晚，这里已经没有人光顾了。而且此时我心里有个非常奇怪的想法，我真怕自己突然找到那本已经被博尔赫斯藏起来的怪物——一本页码无穷尽的沙之书，“那本书像沙一样，无始无终”。[31]

我大口呼吸，快速走出地下室。

30. 博尔赫斯，《一个厌倦的人的乌托邦》。

31. 博尔赫斯，《沙之书》。

这处不起眼的入口便是通往地下空间的入口，从入口处便开始陈列起各种图书。

北欧厨神

在凌晨 1 点 30 分，
他给厨房的每个工作人员打电话，
让他们 15 分钟内赶回餐厅。

凌晨 1 点，完成一天的工作，他坐在空荡荡的厨房，这位大厨对这一天的进展颇为满意，心中盘算着一天内完成的新菜单，16 个小时满满的工作让他心满意足。

但事情总不会这么顺利，他突然发现餐厅的灯还亮着，没什么大不了，他想着，关上就是了。此刻的大厨通情达理。可那一瞬，他在空间中又突然闻到一股恶臭，他找寻这股味道的来源，发现一个水池被鱼的内脏堵住了。但这位大厨并不想让这些事情破坏自己一天的心情，于是心中暗想，每个人都会犯错误的，这没什么。他耸耸肩，很快地把水池清理干净。此时在黑暗中，他又看到另一个水池里放着一个咖啡杯，OK，把它放到清理池……但突然，他发现此刻的清理池里简直就是场灾难，一片狼藉，一定是在洗碗工离开后有人匆忙留下的，大厨揣度着这人的心理："他一定觉得不会有人注意的。"这简直就是懒，甚至更糟，他只想着自己。于是大厨开始巡视整个厨房，看看每样东西，检查每个角落，他在冰箱里发现了没有贴标签的食物，不可能会被忘记的基本工作。

大厨盛怒了。

在凌晨 1 点 30 分，他给厨房的每个工作人员打电话，让他们 15 分钟内赶回餐厅。"我从没做过这样的事情。"于是工作人员们半睡半醒、洗澡的人们则顶着一头湿发一个个赶回餐厅，他们一起检查餐厅是否还有其他遗漏，之后再一起做扫除到早上，清理了每个角落。

这就是丹麦诺玛餐厅(NOMA)主厨瑞内·瑞兹匹(René Redzepi)的日常[32]。

他被称作北欧厨神，他让世界重新认识北欧饮食，他和他的餐厅改变了这个童话国家的经济[33]。

32. 来自大厨的记录，*René Redzepi: A Work in Progress*。
33. 时代周刊（Time）2013 年的一篇报道题目即为：一家餐厅如何改变丹麦的经济（How One Restaurant Is Changing Denmark's Economy）。

诺玛餐厅一直强调食材的原汁原味，对于自家餐厅的装修以及餐具的选用也是保持一种朴素的风格。

诺玛餐厅的食材包括各种你想象不到的东西，野花野草不在话下，还有种了几年的复古胡萝卜。

除了来自大自然的奇特食材，他们也会自己尝试做食材试验，比如他们曾尝试用几天的时间给南瓜脱水，或是腌制发酵各种食材。有时候我觉得诺玛更像个科学实验室而非餐厅。

位于哥本哈根的诺玛餐厅2003年开业，至今已成为世界餐饮界的最亮明星，不过近年来瑞内经常短暂关闭哥本哈根的诺玛，带着团队到世界各地开诺玛的游牧餐厅，深入探索当地食材。

KONGELIG HOFLEVERANDØR
THE
A.C. PERCH'S THEHANDEL
1835

茶叶店百年极简史

在那家老店里，
经常能看到欣奇尔戴家族的人
在柜台后招待客人。

1835 年尼尔斯·布洛克·佩克（Niels Brock Perch）在 Kronprinsensgade 街 5 号开了一家茶叶店 A.C.Perch's Thehandel，以他的儿子亚力克斯·克里斯汀·佩克（Axel Christian Perch）的名字命名。至今，这家店铺依旧在此经营。

尼尔斯去世后，亚力克斯负责经营，不过他没有孩子，于是他将这间店铺交给一个非常忠心的店员弗兰兹·克里斯托弗·克鲁泽（Frantz Christopher Kruse），直至克鲁泽于 1893 年去世。

1894 年，克鲁泽的一位老朋友阿道普・瑞奥尔斯・汉森（Adolp Rosaurus Hansen），在他去世后接手这桩生意。

1927 年阿道普去世，他将这家店铺交给自己的亲戚路维・欣奇尔戴（Ludvig Hincheldey）经营。1964 年，路维问自己的亲戚埃尔塞・欣奇尔戴（Else Hincheldey）是否愿意在他做手术期间接手管理。埃尔塞和其丈夫在 1965 年正式接手茶叶店。

1989 年，他们的女儿安纳莉丝（Annelise Hincheldey）和其丈夫接手。家族第四代克里斯蒂安（Christian Hincheldey）于 2012 年正式接手经营管理。

如今 A.C.Perch's Thehandel 开设了网店，在楼上开设了茶室，在东京、奥尔胡斯（Aarhus） 以及奥斯陆（Oslo）都开了分店。

在那家老店里，还经常能看到欣奇尔戴家族的人在柜台后招待客人。

A.C.Perch's Thehandel 店的门前，每天都会有人排队等待，尤其是周末。

早上的 A.C.Perch's Thehandel 没有了排队的喧嚣，映衬着清冷的街道。

混着香气的金色故事

一切都在金灿灿中进行，混着茶香，
肉桂、豆蔻、椰子、杏仁的香气……

在一个下着细雨的傍晚，我七拐八拐找到它。店里飘出香甜的味道，混着潮湿的雨汽，队伍也已经从店铺里面延伸出来，我向队尾走去。

我走过一对轻言细语、满目爱意的情侣，走过一位戴着金丝眼镜、满头白发的年老女士，走过三个一起排队等待的年轻女孩，她们正因为什么事情嘻嘻哈哈地笑着，走过一位稍有些驼背的高个子中年男人，他一只手拎着超市买的食物，另一只手拿着手机。

我排在队尾。

真是不可思议，这是我第一次见到有一家店铺门前排起长队。当然，隔着几条街道人们争相排队买单的乐高不算。这可是一家小得不能再小的茶叶店啊。

随着队伍前行，我挪到了小店的窗户边。橱窗已经被放上铁栅栏，我看了一下时间，已经快5点了。透过铁栅栏的间隔，我看到第一次在露易丝·凯特尔家喝到A.C.Perch's Thehandel的黑色圆形茶叶罐，旁边还有其他颜色、不同形状的茶叶罐，一些书，一架黄铜天平，几幅黑白和彩色的照片，一把白色的陶瓷茶壶，这些东西摆在一起的方式称不上精致，而且有些老旧，可这有什么关系？露易丝·凯特尔告诉我，这是欧洲最老的茶叶店。

终于挪到店铺门口。

从店里飘出的味道更浓郁了，我左顾右盼，同时努力分辨各种味道，酸酸的橘子味？甜蜜的玫瑰花？甘草？对每种味道我都不自信，混杂在一起，并时不时地随着店员打开新的茶叶罐混进新的味道，分辨只是徒劳。

我终于迈进店里。

大概五名顾客便把小小的店铺挤得每个人都要小心翼翼，房间的左手边，各种包装铁盒子放在玻璃展示柜或是开放的木质展示柜上，红色、黑色、粉色、墨绿色、金色，颜色多样，不过设计极其简单，一个A.C.Perch's Thehandel的简单标识即是全部花样。

顾客与柜台后的店员用丹麦语不停地交流着，我探头看到柜台后面那堆满货架的金灿灿茶叶罐，柜台上三架金黄的铜质天秤，穿着衬衣打着领带的店员姑娘将金色头发整齐地扎成马尾，她正来回从货架上取放茶叶罐，用黄铜铲从茶叶罐里取出茶叶，放在天秤的一侧，另一侧放上铜质砝码，快速地再添加或是减少，之后盖好茶叶罐盖子，将茶叶罐放回货架，用笔将数字写在纸上，一切都和以前一样，这里没有计算器，没有电脑，只有姑娘的数学知识，我看到她低头默默算了一阵，好像怕算错一样，又重新算了一遍，抬头松了一口气，微笑着跟顾客说了价钱，然后将称好的茶叶包好递给顾客。

一切都在金灿灿中进行，混着茶香，肉桂、豆蔻、椰子、杏仁的香气……

秋日与晚夏

以下梦幻般的茶叶名称都来自 A.C.Perch's Thehandel 的茶叶单。

秋日	AUTUMN TEA
尼泊尔	NEPAL WHITE TEA
陆羽	LU YU BLEND
博物馆	MUSEUMS TEA
童话	FAIRYTALE BLEND
晚安	GOODNIGHT TEA
白色的梦	WHITE DREAM TEA
175 年	175 YEARS BLEND
晚夏	LATE SUMMER BLEND
东方	EASTER BLEND
黑巧克力	DARK CHOCOLATE
菠萝白牡丹	PINEAPPLE PAI MU TAN
香草	VANILLA TEA
功夫玫瑰	ROSE TEA CONGOU

来自 A.C.Perch's Thehandel 的茶叶，各种味道的组合非常丰富，尤其是带有肉桂和柑橘的茶，味道酸甜，混合着茶香。

A.C.Perch's Thehandel 的铁罐是最经典且流行的小礼物，不过一般市民买后都用简装包裹一下即可。

A.C.Perch's Thehandel 受陆羽的启发而制作的陆羽茶。

Favorites
ROUND
of
MIN. 25%
OP TIL
PÅ ALLE BR
CCI RAY-
ANI BOSS
IVENCHY
NU O
ALLE
KUN VED KØB AF EN BRILLE INKL. GL
LEARCHANNEL

9

城市片段：

雨夜歌手

他在进出地铁的楼梯口处弹吉他唱歌。一曲终了，我在他的吉他箱里放了些零钱。

“先生，谢谢你。”他说。用粗糙的手往耳后别了下潮湿的金色头发。

“这里的人们都不喜欢我，哦，这里的人们都不喜欢我。”

我不知道如何回答，或许根本不需要回答。我转身下楼梯，听到他从后面对我大声说：“祝你好运。”

收集过去的人

“经典啊，但你也看到了，
下面那层灯罩破了。
小夫妻吵架，却打破了灯。”

“叮——叮——”，我推门进入这家半地下室的小店，挂在门口的铃铛被门打响。

这家店铺有个不大的玻璃橱窗对着街道，不过吸引我的是上面挂了一盏 PH5 灯，而且是破损的 PH5。

进入店铺再踏下两三个台阶。我听到右手边一位女士的声音说“欢迎”，转头看不到人，绕开门口放明信片的架子，我才看到这位戴着眼镜和灰色毛线帽子的女士正坐在柜台后面，面前放着一台笔记本电脑，正抬眼从眼镜上方打量我们。“请随意看。”伴随着偶尔的咳嗽声。

一踏入这间屋子，我就要随时注意自己的包，不然一个不小心，就会碰到放在桌上的陶瓷小雕塑，或是一个转身，打翻那一堆镶着画框的复古海报。太多的东西堆积在这个屋子，脚下、腿旁、手边、头顶……你的身体周围全是各种各样的东西。

我小心地护着包在店里慢慢走着，就怕三大步加一个转身便把这家店逛完了。

除了橱窗上那盏吊灯，房间里还有其他各种灯，屋顶上挂着乔・汉姆伯格[34]（Jo Hammerborg）的金属灯，其他颜色的保罗・汉宁森的 PH 吊灯，旁边的桌子和橱窗上还放着几盏叫不出名字的陶瓷、玻璃台灯。其他置物架上放着各种小玩意儿，陶瓷雕像，刀刀叉叉，杯杯碟碟，还有各种木制小玩意儿、皇家哥本哈根陶瓷小雕像和凯・玻约森的木头玩具、赫伯特・克伦奇尔[35]（Herbert Krenchel）设计的Krenit 原版大碗，我想起诺曼・哥本哈根（Normann Copenhagen）正在复刻这个设计，不过没有仔细比较，从外观造型上看不出两者有什么区别。碗里随意放着一堆不锈钢餐具。

“那是 DANSK 的餐具。”她见我拿着餐具打量，简单地说了一句。说完，她从座位上站起来，绕过“前台”，手里拿着一把小水壶，有些驼背，一边走一边说：“旁边还有乔治・杰生的餐具。”说着撩起一面我都没注意到的门帘，走到另一个小屋子，很快我就听到里面传来烧水的声音，这么小的房间里居然还藏着一个小房间。很快，她从房间出来，拿了一个倒满水的杯子。

我问她挂在橱窗上的那盏破了的 PH5 吊灯，她慢慢走到柜台前，转头看了一眼：“经典啊，但你也看到了，下面那层灯罩破了。小夫妻吵架，却打破了灯。”一边说一边摇头，好似认识这盏灯以前的主人，不过如此看来，这盏灯充满了夫妻不和之兆。

我走到柜台前，拿着 DANSK 的餐具，她坐在柜台后的座位上，合上电脑，从她身后搬出一本大书，我才注意到，她的身后杂乱地堆了一摞书，还有一些纸夹在书里。“DANSK 是我刚开店的时候就收集的品牌。”我看到她拿出来那本书的封面上有 DANSK，下面是一把非常眼熟的水壶，“延斯·哈拉尔·奎斯特卡德（Jens Harald Quistgaard），曾经是 DANSK 的首席设计师，不过 DANSK 是个美国牌子，延斯可是地道的丹麦人，你拿的餐具也是他设计的。”叮叮，门口的铃铛又响了起来，她转头看了一眼，同样一句：“欢迎，请随意看。”

这里的每一个东西都带着它的过去，那副 DANSK 刀叉如何从美国到达丹麦，那对打破 PH5 灯的夫妻还在一起吗，那些皇家哥本哈根的陶瓷小雕像，都曾见证过怎样的生活，斯蒂格·林德伯格[36]（Stig Lindberg）的花花绿绿纺织品遮盖过什么…… 太多的过去被压缩在这个小小的空间里，每样东西都想告诉你它的故事，一旦关上门便没有将来，一切都在等待释放。

新来的客人们让这家店的空气流动得更慢了，转身和行进更加困难，我快动弹不得，我努力往边上靠，以便让对方通过，几乎快站在架子上成为物品中的一员。我突然想起动画短片《邪恶娃娃屋》，娃娃屋里的娃娃逼真异常，仔细看每个娃娃都像有生命一般，眼睛总在转动。但娃娃屋里却不断有人失踪，其实是店主将真人凝固在店里的娃娃中……

我突然感到一阵压抑，没了购买的欲望，急匆匆和她告别，大步跨出这家小小的半地下复古店，在外面大口呼吸冰凉的空气。

34. 乔·汉姆伯格（1920—1982），丹麦著名产品设计师。
35. 赫伯特·克伦奇尔（1922—2014），最开始是材料工程师，主要研究材料与强化纤维，20 世纪 50 年代开始涉及产品设计。
36. 斯蒂格·林德伯格（1916—1982）瑞典著名插画师，产品设计师。

这家复古店的橱窗很耐看，图案大概是出自瑞典插画师、玻璃、陶瓷、木质，这些材料在这个小橱窗里搭配得当，而且在森林的背景下，它们已经构成了一个森林里的童话故事。

我「看」到她再从房间里出来的时候已经换了一身占星师的衣服，手里捧着闪闪发光的 Krenit 大碗，身上挂着各种刀叉，低沉地对我说，你的「未来。」

在各种复古海报里，我最喜欢这张的风格，丝毫没有北欧的感觉，一副法国腔调。

店铺的橱窗非常低矮，店铺本身有点半地下室的样子，如果站在店里看外面，只能看到各种穿着不同鞋和裤子的腿在来回走动，很奇特的画面。

og så til fods

Asger Jorn laver lystegning /
Asger Jorn creates a photographic
light drawing, 1953

8 ♠

城市片段：

世界的面纱

站在阿斯格·尤恩[37]（Asger Jorn）的画作前，在这些堆叠、随意挥洒、任意越界的色块和线条里，有他隐藏的世界。

我看到一座城市，灯火通明；看到一位先生，满目惆怅；看到纠缠中的男人与女人；看到悬崖与大海；看到狰狞与童真……我沉溺在这种不可名状的猜想中。

阿斯格·尤恩让我想起杰克逊·波洛克（Jackson Pollock），两个满身色彩的男人，他们的每一幅画，都像是世界的一副面纱。

37. 阿斯格·尤恩（1914—1973），丹麦著名艺术家，创作领域极其广泛，包括绘画、雕塑、陶瓷和写作，他是第一个将卡夫卡的小说翻译成丹麦语引入丹麦的人。

沉默的空间

你听不到任何画面空间外街道上的声音，只有那束光，显示着空间与外界的联系。

“那次在皇家哥本哈根买东西的时候，看到新一季产品手册的封面。一个盘起金发的女人，坐在一张长桌旁，只见她的背影以及桌子上一个皇家哥本哈根陶瓷品，光线沉稳。翻开手册，首页便是丹麦画家威尔汉姆·哈莫修依（Vilhelm Hammershøi）的一幅画：一个年轻黑衣女人的背影，手里拿着一个盘子，旁边是一张桌子，桌上放着一个同样是来自皇家哥本哈根的陶瓷器皿。

因为是丹麦语的手册，我并不知道画面下的那段描述写了什么，不过我想这一定是向这位丹麦艺术家致敬。皇家哥本哈根的陶瓷不止一次地出现在威尔汉姆的画里。

威尔汉姆的画作大部分都描绘了日常的居家生活。不过这日常画面的识别度却非常高。我想起在奥德罗普格美术馆的一间展示厅里，墙上有很多画，不过一眼扫过去马上就看到了这两幅画，很奇怪，他的这两幅画尺寸并不大，而且色调灰暗，但识别度非常高，一幅是一个黑衣灰裙的女人低头缝补一件白色衣服，另一幅是空间画，一扇窗，一扇关闭的门，光线从窗户进入室内。不知是日常熟悉的场景还是那束光，让我一下子在一面墙的画作中看到它们。

后来我又先后到丹麦国家美术馆（The National Gallery of Denmark）和大卫收藏美术馆（The David Collection）去找威尔汉姆的画。我在丹麦国家美术馆看到威尔汉姆·哈莫修依那幅著名的室内画。他妻子的背影，一扇窗，光线和长桌，这大概就是画面的全部。在大卫收藏美术馆里有他的风景画，裸体女人肖像，当然还有室内画。这些画中的氛围却让我想起美国画家爱德华·霍普（Edward Hopper）所描绘的城中人，安静地身处世界一角。

可威尔汉姆非常不同，他用灰色调子降低了画面的“音调”，你听不到任何画面空间外街道上的声音，只有那束光，显示着空间与外界的联系。还有画中那些打开的门，没有打开的门，都像是一个人刚刚下定决心永远离开这座房子的瞬间。

威尔汉姆的家就是他的绘画主题，也是工作室，或许还是当他完成画作后的绘画展示厅。对于这样重要的居住、创作、主题环境，他自然不能随意选择，1909年他曾在*Hjemmet*杂志的采访中说：“我个人喜欢老东西，老的建筑，老的家具，这些东西有一种独特的气氛。”他曾在Strandgade街25、30号居住过，特别是Strandgade街30号这处房子，威尔汉姆画了60多幅室内画。

他会不停地变换家具位置，搭配不同的组合，寻找空间和平面的协调。

除了室内空间，哥本哈根的几处重要建筑，包括阿美琳宫广场（Amalienborg Square）和圣彼得教堂（Petri Kirken）也入过他的画，但有关城市的画作极少，对他而言，家就是他的城堡与世界。

不管在何时何地看到他的画，总会让人产生一种奇怪的感觉，好像他就在我眼前刚刚完成这幅画，而我正身在他的城市，透过他的画笔，看着他所看到的一切。

威尔汉姆·哈莫修依（1864—1916），《腓特烈城堡，1914》（*Frederiksborg Castle, 1914*），奥德罗普格美术馆。摄影：Anders Sune Berg。

威尔汉姆・哈莫修依，《Strandgade 街的房间室内，地板上的阳光，1901》(*Interior in Strandgade, Sunlight on the Floor,1901*)，丹麦国家美术馆。

她的不美丽世界

"我希望这些作品能够让人们思考眼前的一些丑陋事物，哪怕只是稍微思考下。"

巧的是，我在 Claydies 工作室见到了露易丝·汉德斯伽沃（Louise Hindsgvl），她知道我来，我却不知道她在，开门见到彼此，都大笑起来。

露易丝和 Claydies 共用一个工作室。几年前，Claydies 找到了这个工作室，然后就邀请她也来这里工作，但那时候露易丝还在另一个工作室，她说服同事，然后集体搬了过来。"目前这里一共有六个人，我们都是做陶瓷的，我欣赏这里的每个人。"

露易丝是我非常喜欢的一位陶瓷艺术家。我在一次展览上看过她的作品，也曾电话采访过，但不曾见面。我现在都记得，展览上有一件雕塑给我的印象非常深刻。那是一件纯白的雕塑，一片卷云上有一匹飞奔的马，它有马的头，人的腿，脚上穿着滑轮鞋，怀里抱着两匹小马。她说这是对现代女性的一种叙说，忙于工作也要照顾孩子，这位飞驰的马妈妈天天如此忙碌。

当我在工作室见到她的时候，她正忙着自己的新展，小小的工作空间被各种未完成品包围着，我得随时注意自己的动作。她的工作台上放着一件正在做的雕塑，用刀把自己的肉割下来的人。“减肥嘛，最快的方式。”旁边有一组陶瓷框，里面有想要从框里挣扎出来的人像。

这就是露易丝的雕塑世界，一点都不优美。

可为什么要优美?

1999 年，露易丝从科灵设计学院（DesignSkolen Kolding）毕业，她参加的第一个展览是在哥本哈根举行的艺术家秋季展（The Artists Autum Show），她也凭此获得了格林姆胡斯丹麦国际陶瓷美术馆（Grimmerhus，The Danish Museum of International Ceramics）的邀请。为了这次展览，她做了自己的第一组瓷雕像。

“刚开始做这些陶瓷雕像的时候真的很难，我感到很孤立，自己也充满了怀疑。陶瓷雕像一直是我的兴趣所在，但当我在学校的时候，同样觉得陶瓷雕像已经过时了，一点品位都没有，根本不值得浪费时间，这也是当时大多数人的想法。而且，在我刚毕业的时候，丹麦的陶瓷设计界仍旧被那些陶瓷制的容器所统治，我想人们都忘了陶土除了能做容器，还能做些别的东西。而且传统的瓷制雕像也被认作是过时的，但我想这些雕像总有些未被发挥的潜能，比如说讲故事或是营造出某种场景。它们有我想要表达的一切。”

她认为，传统的瓷制雕塑似乎是个理想化的世界，而她想让人们看到另一个存在的世界。她的创造目的，不在于表现人类的美德，她用陶瓷创作来评论眼下的世界，眼下发生的一切。“人们总是期待看到瓷制雕像描绘那些纯真画面，但我就偏偏创造让你意想不到的画面。我希望这些作品能够让人们思考眼前的一些丑陋事物，哪怕只是稍微思考下。我希望这能让世界变得好一点，人们总是不愿意想这些，但我要不断地提醒他们这些丑陋事物的存在，这很重要，不然反而会助长这些。比如说家庭暴力，如果我们不去思考它，不去谈论它，它肯定会不断发生，但如果我们做了，情况或许会有一点改变。”

她的不美丽世界，正是这个世界。

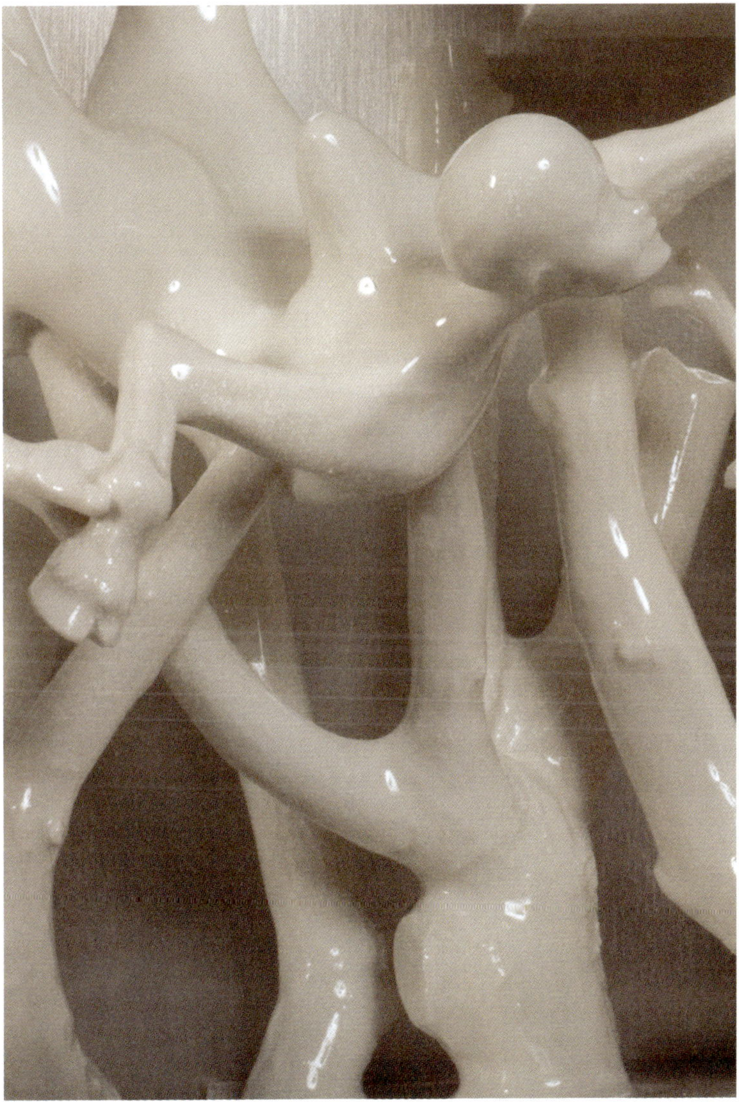

《期待值得等待》（*Expectations Can Be Worth Waitng For*）的作品细节。

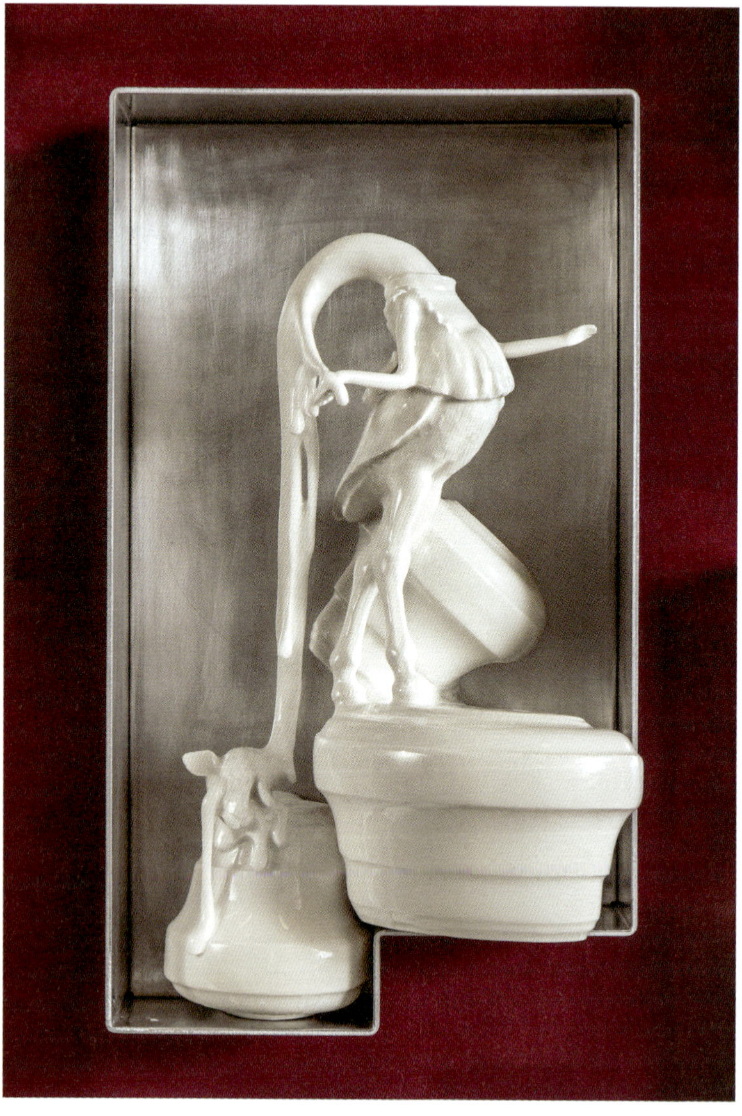

露易丝的系列作品《在狭窄的空间中寻找自在舒适》（*Finding Comforts in Confined Spaces*），每一个盒子里都有一个主题故事。

悲伤美术馆

她绽放在夜色中的大海上，
缥缈，安静，美丽，悲伤。

夜色已深，咖啡馆只剩几桌客人，我透过咖啡馆四周的落地大窗向外张望，窗外的大海已不见波澜，只听见不断拍岸的海浪声，夹杂外面的风声。白天隐约可见的瑞典岛屿也消失在大海深处，旁边矗立的亚历山大·考尔德[38]（Alexander Calder）的动态雕塑隐藏在夜色之中。窗上只浮现着咖啡馆内部的斑斓灯光，影影绰绰。

我已在这里度过了一整天，路易斯安那现代艺术博物馆（Louisiana Museum of Modern Art），它并非独特，而是独一无二。雕塑、绘画、装置、古典、现代、大海、建筑……所有相似或相对的元素都在这里完美融合，像一幅巨大的立体主义拼贴画。

路易斯安那现代美术馆的建筑正门。你或许会被这扇门迷惑，它看起来很小，就像一个普通人家的住宅大门，但我很想将它比喻成爱丽丝的兔子洞。

当我穿过美术馆的小门，我被眼前的景色所震撼，这来自亨利·摩尔的雕塑，也来自悄无声息的自然。

我从侧门走出咖啡馆，迎面冷风让我为之一振，精神和身体都备感抖擞。白天的参观体验真是让人筋疲力尽，我心里想着，在这并不算庞大而且可以说相当有“私密感”的美术馆，这种疲惫并不是来自身体，一定是在那间屋子待太久。

我在黑暗中看向四周，那些白天可见的雕塑都已变成一团剪影，让·阿尔普[(39)]（Jean Arp），胡安·米罗[(40)]（Joan Miró），马克斯·恩斯特[(41)]（Max Ernst），亨利·劳伦斯[(42)]（Henri Laurens），亚历山大·考尔德，亨利·摩尔[(43)]（Henry Moore）……抽象、具象、动态、轻盈、现代、达达、后现代、超现实、极简……这些“二战”后最为有名的雕塑家的作品或是寂静地面对大海，或是隐藏在庭院。

只有一个人例外。他的雕塑没有被放在室外，不但被放在室内，而且是独处一室。他就是阿尔伯特·贾科梅蒂[(44)]（Alberto Giacometti）。

很难形容我当时进入贾科梅蒂这间作品空间时的感受，虽然我有备而来，虽然美术馆在走廊处已经开始为参观者铺垫情绪，包括让你提前遇到走廊拐角处的《行走的女人》（*Walking Woman*）和《勺形女人》（*Spoon Woman*），走廊侧面嵌入墙壁的展示柜里的小人像雕塑，但当你在走廊尽头看到那五件贾克梅蒂的雕塑直视着你时，依旧会被巨大的能量卷入其中。

让·热内曾记录过一段他与贾科梅蒂的对话。

“我对贾科梅蒂说：

我：想收藏一件您的人像雕塑放在家里，这个人必须足够坚强。

他：为什么？

我犹豫着该怎么回答。我担心我的话会让他小瞧我。

我：您的雕塑一旦放在一个房间里，这房间就成了一座庙宇。”[(45)]

贾科梅蒂的人像纤细，却又巨大。沿着楼梯向下，一件比人高许多的女性雕塑，

在世界上最著名的摄影师阿诺德·纽曼（Arnold Newman,1918—2006）的摄影肖像展上，我发现这张贾科梅蒂的照片，我们互相观看。

夜色中的咖啡馆和大海，还有考尔德的雕塑静静摇摆。

巨大落地窗旁的《行走的人》，旁边有个小展示柜，楼梯旁边是件人像雕塑。这几件作品涵盖了他的主要创作主题。

我走近去看那件高瘦的女性雕塑，灯光将她的细长影子打在身后的白色砖墙上，他曾说自己并非雕塑人像，而是“人像的影子”。我退后端详高个女人和她身后的影子，如同沉默的双胞胎。我再次走近仰头打量她的面容，很难看清雕塑的五官，如同刚刚从泥土中挣扎出来一般，力量，悲伤，似乎要独立行走在这片大地上。

高个女性雕塑大概完成于1960年或1961年，而在1959年，著名女星玛琳·黛德丽（Marlene Dietrich）曾拜访过贾科梅蒂，玛琳在自己的回忆录中曾写到她参观贾科梅蒂工作室以及她看到的高个子女性雕塑的情形：

“当时他正在制作一系列很高的女性雕塑，他得爬上梯子才能制作她们的头部，他的工作室非常冷，没有装饰，他站在梯子的最高处，我坐在下面，抬头看着他，等着他下来跟我说点什么。他终于开口说话了，但他说的都如此悲伤，我差点哭了，当他下来的时候，我们拥抱彼此。”[46]

贾科梅蒂送给玛琳一件女性小雕像，让她带回美国。之后没几年，贾科梅蒂便因病去世。“像很多伟大的艺术家一样，他是一个悲伤的人。”玛琳写道。

她悲伤吗？我凝视她。

雕塑在物理形态上非常细弱，被贾科梅蒂剥离一切多余素材，只剩下语义中人的形态。在感情上沉重压抑，她们像带着巨大的孤独与悲伤，行走或是站立。这与在走廊处遇到的勺形女人不同，那宽大的如勺子形状的子宫代表着一种生命的繁盛，而这些高个女人只剩下悲伤与孤单。

贾科梅蒂的《威尼斯的女人，1956》（*Femmes De Venice*，1956）。

1965年6月出版的《纽约时报》里有一篇关于贾科梅蒂的特别报道，其中写道："他的这些雕塑都有一种体无完肤，残旧，消瘦，没有性别，让人害怕的样子，像是那些从船难或是矿难中活下来的人。他创造了一种幸存者的感觉。"这些人带着巨大的悲伤，继续存活在世间。

突然我视野左下角原本黑暗的地方亮了起来，我回过神来，转头看去，远方的大海在月光下清冷闪耀，一处海边的房子亮起了灯，没有窗帘，四面都是玻璃窗，我看到一个男人走进屋子里，屋里有船桨和一些工具，像是一个小型俱乐部。这个男人站在窗前的台子前，在一片静谧与海浪中，时而抬头，时而修理着什么。我脑中闪过一张布列松拍过的贾科梅蒂，照片中的他正在雨中穿过马路，将衣服拉高罩在自己的头上，前往被他形容是个"洞穴"的工作室，他老想着搬出去，但一辈子都没能搬走。

我看着这个工作中的男人，想象另一个在"洞穴"中工作的男人，在这巨大的海浪声中和月光下。

38. 亚历山大·考尔德（1898—1976），美国雕塑家，被认为是动态雕塑的创始人，用各种悬挂的元素在雕塑中取得一种平衡，根据周遭的环境雕塑会随时有着不同的变化。
39. 让·阿尔普（1886—1966），法国雕塑家、画家和诗人。达达主义运动创始人之一，第一次世界大战之后又与超现实主义者和表现主义者有着广泛的交往。
40. 胡安·米罗(1893—1983)，画家，雕塑家，陶艺家，超现实主义的代表人物。
41. 马克斯·恩斯特（1891—1976），德国画家、雕塑家、图像艺术家及诗人，达达运动和超现实主义运动的主要领军人物。
42. 亨利·劳伦斯（1885—1954)，法国立体派雕塑家。
43. 亨利·摩尔（1898—1986），英国雕塑家。摩尔以他的大型铸铜雕塑和大理石雕塑而闻名。
44. 阿尔伯特·贾科梅蒂（1901—1966），瑞士雕塑家，画家。
45. 《贾科梅蒂的画室》，［法］让·热内著，程小牧译，吉林出版集团有限责任公司，2012年。
46. *Marlene*，Marlene Dietrich，Grove Pr; 1st edition,1989.

贾科梅蒂的半身男性雕塑。通常他的弟弟蒂亚戈（Diego Giacometti）是他男性半身像的模特，而他的女性雕塑通常都是高挑的全身像。

7♠

城市片段：冬日旅人

9点左右。透过紧闭的窗子，我听到一阵阵微小，好似震动的声音。

我走到窗前，沿着声音望去，三个拖着行李箱的人，声音正是行李箱的轮子轧在人行道的碎石路上，发出的咕噜声。三人低头前行，各自不语，很快消失在街道的拐角处。

到达还是启程？

我转身回到桌前，继续敲打键盘，电视上播放着唯一一档不需要语言的电视节目，各种卡通人物，各种穿着卡通的名人，用不同的姿势安静地睡觉。

屋内十分安静，除了我敲键盘的声音，还有从电视里传来的各种呼噜声，哈欠声，梦话，平稳的呼吸声，时钟的嘀嗒。[47]

晚安，冬日旅人。

47. 丹麦儿童频道 DR Ramasjang 制作的一档晚间节目《晚安，我们要睡觉啦》（*Goodnight Now We'll Sleep*），画面只有各种名人或是卡通人物在不同的场景中睡觉，晚上8点开始，一直循环播放，直到第二日。

WE
ARE
FREE

KAFFETÅRN
NEJ
REN
KBH

安徒生的背和美人鱼的帽子

后记

当我开始回忆抵达过的一座叫哥本哈根的城市时，其实我是在想象另一个叫哥本哈根的地方。

真实的情形是这样的。

我在一个梦里醒来，一个陌生人窝在芬·祖尔那款大大的酋长椅里问我：

“你是否去过一个叫哥本哈根的地方？”

“我现在就躺在她雪白的床单上。有明黄色、赭红色的建筑，大理石、童话包裹的柱廊、窗棂，为各种仪式和意义修建的圆形、尖形的屋顶直指或阴云密布，或晴空舒朗的天空；吵吵闹闹得让你耳根子发痛的自行车挤到一块儿；漂亮、高挑的丹麦女郎，让你春潮涌动；皇冠的图案镶在威严的岩石上，绣在光滑的绸布上，印在红色的邮筒上，地上，天上，哥本哈根人或明亮或阴郁的眼睛里，和讲笑话的语气助词里……”

“那——这是真实的哥本哈根吗？”

“天上的飞鸟和地上的岩石，看到的哥本哈根是完完全全的两回事儿。哪一个是普遍定义上的真实呢？”

我已经不太确定是在圣诞节还是新年前后，去到过那里。

总之，是一个下了一场雪的冬天。

总之，我能清楚地记得，清晨六点的公园，一个男人和一条狗在雪地上撒欢儿奔跑；一天晚上，我被电视里的一档催眠孩子的奇怪节目，搞得失眠，看见对面窗户里，一个女人在保罗·汉宁森设计的橙黄色灯光下，在客厅、厨房、卧室无拘无束，进进出出。

或者，这样讲吧！

在哥本哈根，我只在一家世界上第二古老的帽子店 Petitgas，听到大胡子老板跟我提到美人鱼也在这里买过帽子。在新港的游船上，远远地看了一眼安徒生深情凝望大海的背影。

其余时间，我都在哥本哈根的大街小巷、博物馆、大市场、咖啡馆、二手书店、设计师工作室……继续着所见、想象、赋予、拼凑、抽离、解构、漫步、迷失、混淆、放大、夸张……

现在，当我开始回忆抵达过的一座叫哥本哈根的城市时，其实我是在想象另一个叫哥本哈根的地方。并在其中继续旅行、回家、任性、放肆、浪费自己的无知，而不被嘲笑。

因为，真实美好的东西，一正经八百地说出口，或用“真实的情形是这样的”来开始。它便开始不同程度地被扭曲，被重新赋予不同的意思。

所以，你可以双手枕着头躺在树杈上、窝在午夜星光闪耀的沙发里、挤在愤怒与窃笑搅拌到了一块儿的地铁上，保持沉默或神秘含笑的姿态。在自己的小脑袋瓜里，开始想象一个叫哥本哈根的地方。

但这也只是想象者抽象出来的真实，不是另一个在去的路上，或离开者的真实。但每一次对哥本哈根的想象，都会以不同的故事、观念、材料、色彩、光线绘制成一幅抽象画。这些抽象的映像，叠加、搅拌成一座新的哥本哈根，新得仿佛你没有真正去过。然后，被她勾引、魅惑，开始准备行囊，远赴约会。

也许，在一个公认的童话王国里，一座真实的哥本哈根，并没有人真正见过。

也许，她在丹麦人狂野而优雅，傲慢而亲切的血液里；在被国王、军队、平民、小偷、侵略者踏得铮亮的石板路散发的蓝灰色微光中；在那尽人皆知的圆塔旁，一座城中教堂管风琴悠扬沧桑的音乐中；在出航或者侵略者的船在城市与大海相连的地平线上闪耀、跳动的希望和惊恐里；在街角小店，一个像巫婆的老店员的八卦里；在俚语、谣言中。随着午夜缤纷得如童话般的鼾声，清晨金黄色的钟声，在淡蓝色的风中飘荡，无以言喻……

总之，当时的情形就是这样的，真的。

文俊

2017.06.03

直到现在，当我回忆这次不算短暂的旅行，还是恍若梦中，无以言喻。

TAXI

也许玻璃窗户上，投映、扭曲的线条、色彩、故事，是一座更加魅惑的哥本哈根。真实的她只存在于童话、旅人的想象中。

抵达

离开

部分图片版权说明：

P127

pp250,Valet Chair,Hans Wegner

Photoghper:Mikkel Adsbøl

P129

pp250,Valet Chair,Hans Wegner

Photoghper:Katja Kejser & Kasper Holst Pedersen

P214、217、218、219、220—221

Photoghper:Laura L.P./HdG Photography

P252

Vilhelm Hammershøi,Dust Motes Dancing in the Sunbeams, 1900

Ordrupgaard Museum of Art

P256—257

Vilhelm Hammershøi (1864—1916),Frederiksborg Castle 1914

Ordrupgaard,Photo: Anders Sune Berg

P258—259

Vilhelm Hammershøi (1864—1916), Interior in Strandgade, Sunlight on the Floor, 1901

Statens Museum for Kunst, www.smk.dk,Public Domain

P264、265、266、267、268—269

Credits:Louise Hindsgavl

P276—277

The Giacometti Gallery

Photo: Kim Hansen,Credit: Louisiana Museum of Modern Art

P280—281

The Calder Terrace

Photo: Miklos Szabo,Credit: Louisiana Museum of Modern Art

多喜北欧系列图书

瑞典、挪威、冰岛将陆续出版。

更多精彩请关注
公众号：DuoXi 多喜

新浪微博：@ 多喜北欧

世界多辽阔
生活多欢喜。

丹麦 01：《哥本哈根四条腿》

从一把椅子到一座城市，一段丹麦美学之旅。

在丹麦设计黄金时代，一系列经典设计陆续出现，尤其是椅子设计，至今都在以各种方式影响着世界和我们的生活，它们渐渐成为丹麦经典设计的符号。

丹麦 02：《安徒生的帽子》

“先生，这家店的故事太多了，就像这座城市一样。”

从世界第二古老的帽子店开始，一场融合艺术、城市与故事、一场充满想象的探索之旅。哥本哈根，现实与想象的双重城市。

芬兰 01：《亲爱的阿尔托》（2018 年 5 月 即将出版）

像阅读传记小说一样探索一座城市。

阿尔托在赫尔辛基埋藏了太多线索，梦想，影响他一生的意大利之行，与现代主义的若即若离……这是他的城，亦是他的家。从一座建筑开始，寻找阿尔托，并，发现赫尔辛基。

芬兰 02：《轻言细语，山川与大地》（2018 年 5 月 即将出版）

“一有机会，我就马上离开，让高山上的风吹散冬日在脑中累积的灰尘。”

在风中，在波光粼粼中，在轻言细语中，我看到一种自然的生活与设计，设计师在作品中倾诉山川与大地，我也开始学习像芬兰人一样，与自然平淡相处，这种感觉即踏实又纯粹，让人平静。

芬兰 03：《芬兰不加糖》（2018 年 5 月 即将出版）

这是一座不加糖的城市，也是一座 SISU 的城市。

从一家家咖啡馆开始，从艺术设计到时尚复古，寻找城市里的 SISU 精神，它是芬兰人的内在精神力量，是面对困难与困境时不退缩不抱怨，是每个人在日常中的践行，也是芬兰独特的乐观幸福与固执坚守，它以各种形式深入城市和生活的方方面面，我开始被这座城市感动。

策划出品：多喜
主笔：肖小困
摄影：文俊
装帧设计：1204 设计工作室
封面设计：1204 设计工作室
艺术指导：文俊
图片编辑：李杰
特约文字：黎艾、Jannie Yue

DUOXI
世界多辽阔
生活多欢喜

策划编辑：李静媛
责任编辑：李静媛
营销编辑：罗文悦

图书在版编目（CIP）数据

安徒生的帽子 / 肖小困著；文俊摄影．—北京：中信出版社，2018.3
（多喜北欧）
ISBN 978-7-5086-2882-0

Ⅰ.①安… Ⅱ.①肖… ②文… Ⅲ.①散文集－中国－当代 Ⅳ.①I267

中国版本图书馆 CIP 数据核字 (2017) 第 251511 号

安徒生的帽子

著　　者：肖小困
摄　　影：文　俊
出版发行：中信出版集团股份有限公司
（北京市朝阳区惠新东街甲 4 号富盛大厦 2 座　邮编　100029）
承 印 者：北京顶佳世纪印刷有限公司

开　　本：880mm×1230mm　1/32　　印　　张：10　　字　　数：38 千字
版　　次：2018 年 3 月第 1 版　　印　　次：2018 年 3 月第 1 次印刷
广告经营许可证：京朝工商广字第 8087 号
书　　号：ISBN 978-7-5086-2882-0
定　　价：78.00 元